어른노릇
아이노릇

OTONA MONDAI

© Taro Gomi 2001
All rights reserved.

Original Japanese edition published by KODANSHA LTD.
Korean publishing rights arranged with KODANSHA LTD.
through EntersKorea Co., Ltd.

세계적 그림책 작가
고미 타로의 교육 이야기

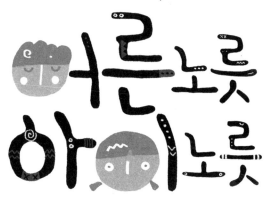

어른노릇
아이노릇

고미 타로 글·그림 | 김혜정 옮김

미래인

어른 노릇 아이 노릇

1판 1쇄 인쇄 2016년 3월 10일
1판 1쇄 발행 2016년 3월 15일

지은이 고미 타로 **옮긴이** 김혜정 **펴낸이** 박혜숙 **펴낸곳** 미래M&B
책임편집 황인석 **디자인** 이정하
총괄이사 이도영 **영업관리** 장동환, 김대성, 김하연
등록 1993년 1월 8일(제10-772호) **주소** 서울시 마포구 서교동 464-41 미진빌딩 2층
전화 02-562-1800(대표) **팩스** 02-562-1885(대표)
전자우편 mirae@miraemnb.com **홈페이지** www.miraeinbooks.com

ISBN 978-89-8394-794-9 03830

값 11,000원

가장 필요한 존재는 '아는 사람'이 아니라
현재 그런 사람, 즉 지금도 '알려고 하는 사람'입니다.
이렇게 인생을 만들어가고 있는 사람이
배우고 싶어 하는 아이에게 바로 교재입니다.
언제나 '좋은 교재'만 필요한 건 아닙니다.

처음에는 아마 그림책이었을 겁니다.

신나게 그림을 그리고 때가 되면 모아서 그림책을 내야겠다고 생
각하고 가벼운 마음으로 작업을 했습니다. 그런데 언제부터인가
세상의 이상한 점들이 마음에 걸리기 시작했습니다. 이 책을 아이
들이 이해할 수 있을까, 이 그림책은 몇 살짜리에게 맞을까, 아이
가 책을 좋아하게 하려면 어떻게 해야 할까 같은 것, 또는 유아조
기교육, 아동발달심리학, 초등예술교육 같은 거창한 단어들이 말
입니다. 농담처럼 스친 것이 아니라 나름대로 아주 진지했습니다.

처음에는 이상했지만, 시간이 지날수록 마음이 점점 무거워졌습니다.

왜냐하면 이 모든 것이 전부 아이에 대해 이야기하고 다루면서도 정작 그 속에 중요한 아이는 없었기 때문입니다. 아이에 대해 이렇다 저렇다 떠드는 어른들만 있었습니다. 어쩌면 제가 하는 일도 그런 부조리하고 어설픈 문화 행위의 하나일지 모른다는 생각이 들자, 무슨 말이라도 해야 할 것 같았습니다.

그리고 제가 아이일 때도, 물론 상황은 좀 달랐겠지만, 지금처럼 아이 부재 사회였다는 생각이 들었습니다. 이 글을 쓰면서 그걸 알게 됐습니다.

차 례

너그럽지 않은 어른들

뉴욕 거리가 연기로 가득 찼습니다. 뉴저지 근처 산림에서 화재가 발생해 연기가 바람을 타고 뉴욕까지 번진 것입니다.

CNN인가 어느 방송국의 뉴스 리포터가 거리에서 사람들의 이야기를 들어보았습니다. 길을 가던 노인, 회사원, 택시 운전기사, 주부. 모두 걱정을 하면서 뭔가 해야 한다, 관계 당국은 뭘 하고 있느냐, 계속되면 매출이 떨어질 것이다… 등등 불평불만과 분노의 목소리를 냈습니다.

그런데 리포터가 인터뷰를 마무리할 즈음, 줄무늬 셔츠에 청바지를 입은 여덟아홉 살 정도 되어 보이는 소년이 그 옆을 지나갔습니다. 아마 그냥 한번 물어보자 하는 생각이었던 것 같습니다. 리포터가 소년에게 마이크를 내밀고 이 연기에 대해 어떻게 생각하느냐고 물었습니다. 그러자 소년은 이제 막 알아차린 듯한 얼굴로 주위를 둘러보고 잠시 뜸을 들이더니, "전 이 냄새 싫지 않은데요" 하고 대답했습니다.

어린아이가 이렇게 말할 수 있는 미국의 풍토를 새삼 느끼고, 아직 이 나라에 저력이 있다고 생각했습니다.

＊ ＊

이것은 독립적인 개인을 존중하는 사회라는 뜻입니다. 자기 귀로 질문을 듣고, 자기 코로 연기 냄새를 맡고, 자기 머리로 어느 정도 정리하고, 자기 입으로 말하는 아이가 있다는 것입니다. 이런 일에 감동하는 제가 좀 한심합니다. 그러나 이보다 더 한심한 것은 개인적인 개인이 너무도 적은 우리 사회입니다.

＊ ＊

빙글빙글 돌기를 좋아하는 여자아이가 있습니다. 집에서도, 공원에서도, 심지어 길을 걸을 때도 엄마가 잠시만 눈을 떼면 빙글빙글 돈다고 합니다. 발레리나처럼 말이죠. 그래서 이 아이는 치마 입는 것을 좋아합니다.

그런데 나무에 부딪치거나 사람과 부딪치는 일이 종종 일어나자, 아이가 다칠까 봐 염려된 엄마는 어느 선생님에게 찾아가 어떻게 해야 할지 상의했습니다. 여기서부터 이야기가 조금 우스워집니다. 이야기를 들은 선생님이 "뭔가 집중할 수 있는 것을 찾아야 합니다…"라나 뭐라나 그랬다는 겁니다. 빙글빙글 도는 버릇을 고치려면 그래야 한다고요.

♣ ♣

중학교를 졸업할 무렵, 아이는 반드시 그림책 작가가 되겠다고 결심했습니다. 그래서 당장 고등학교 진학 문제부터 부모님과 충돌했습니다. 부모님은 인생이 그렇게 쉬운 게 아니다, 일반 고등학교에 들어간 뒤에 준비해도 늦지 않다고 말했고, 아이는 그러면 늦는다, 지금 당장 그쪽 길로 가야 한다고 맞섰습니다. 그 길이 쉽다, 아니 쉽지 않다, 그렇게 멋대로 하면 한 푼도 못 대준다, 네? 그럼 어떡하라는 거예요… 그러다가 쉽게 살아가는 것처럼 보이는 제게 편지를 보냈던 것 같습니다.

하여간
걱정이야…

대부분의 아이들은 힘이 부족합니다. 아무튼 이 아이도 평범한 아이였습니다. 일반 고교에 진학하지 않는다 해도 평범한 아이일 뿐입니다. 그래서 특별히 해줄 말이 없었지만 이것도 인연이라고 생각해 "가고자 하는 길이 정해져 있다면, 인생도 별로 어렵지 않다"고 제 의견을 전했습니다.

❀ ❀

학교를 자퇴하고 축구를 배우러 브라질로 가겠다고 하는 중학교 1학년 아들을 둔 부모가 아이를 말려달라고 제게 부탁했습니다. 그런데 그 남자아이와 만나 이야기를 하다 보니 정말 멋진 계획이라는 생각이 들었습니다. 저는 한시라도 빨리 아이를 보내는 게 좋겠다고 부모를 설득하려다 비난만 샀습니다. 이 아이는 지금 어느 프로팀 산하 기숙사제 체육학교에서 축구를 배우고 있습니다. 그러고 보니 이 아이의 엄마는 제 오랜 친구인데, 옷가게를 하고 싶다고 노래를 부르면서도 지금까지 아무런 행동도 하지 않고 있습니다.

❧❧

"우리 아이에겐 어떤 그림책이 좋을까요?" 같은 난감한 질문에는 "그거야 고미 타로 책이죠"라고 완전히 엉뚱한 답을 내놓을 수밖에 없습니다. 그런 건 고민하지 마세요.

❧❧

선정도서라든가 지정도서라든가 과제도서 같은 신물 나는 용어가 아이들을 둘러싼 독서 문화에 많이 등장합니다. 아이들을 위한 좋은 책, 혹은 해가 되지 않는 책이라는 의미지만, 그건 참으로 쓸데없는 참견입니다. 언제 어디서 어떤 책을 만날까 하는 두근거림이야말로 책이 가진 생명입니다. 그것이 유익한지 무익한지, 유해한지 무해한지는 그저 독서 그 자체의 재미로 남겨두어야 합니다. 그런 재미를 전혀 모르는 어른, 다시 말해 책을 좋아하지도 않는 어른들이 아이들의 독서 세계를 망쳐놓고 있습니다.

❧❧

출판사 또는 서점 등에서 책을 많이 판매하기 위해 만든 것이 바로 과제도서, 독후감 대회라는 사실을 아십니까?

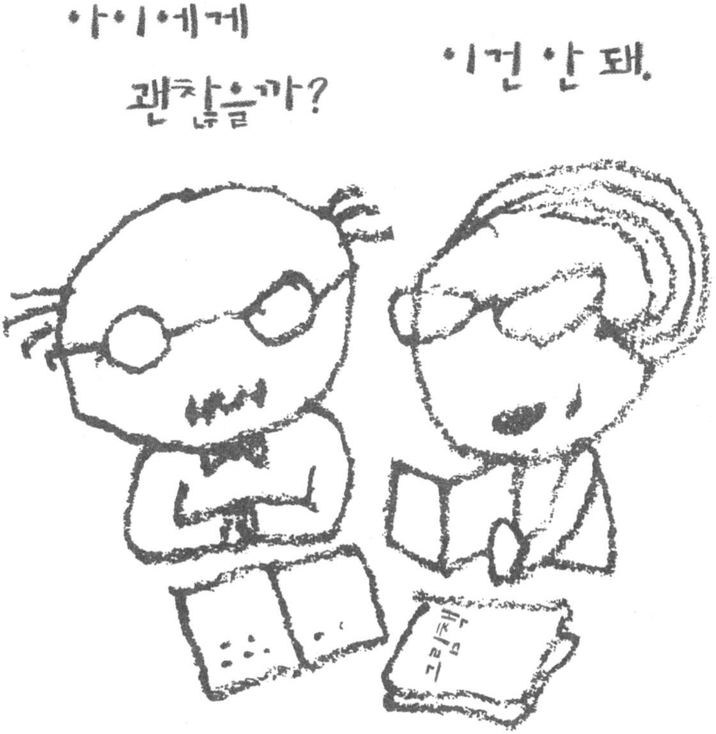
아이에게
괜찮을까?
이건 안 돼.
그림책

한 페이지에 코끼리가 두 마리 그려진 책이 있습니다. 한 코끼리의 꼬리에는 빨간 버찌 열매가 달려 있고, 다른 한 마리에는 없습니다. 그리고 "어느 코끼리가 버찌를 먹었을까요?"라는 질문이 있습니다. 제가 쓴 『누가 먹었을까』라는 그림책입니다. 기억이 어렴풋하긴 하지만, 좋은 그림책입니다.

그런데 꼬리에 버찌가 달려 있는 코끼리를 가리키며 "이 코끼리야" 하는 아이가 있는가 하면, 꼬리에 아무것도 달려 있지 않은 코끼리를 가리키며 "이 코끼리야" 하는 아이도 있습니다.

버찌가 달려 있는 코끼리를 가리킨 아이는 딱히 지적할 게 없는 타입의 아이입니다. 코끼리, 버찌, 이 코끼리구나, 이렇게 부드럽게 머릿속에서 연결되는 것이죠. 하지만 버찌가 달리지 않은 코끼리를 가리킨 아이는 "먹었으면 뱃속에 있어야지. 꼬리에 달려 있으니까 아직 안 먹은 거야…"라고 설명합니다. 이런 아이들, 혹은 다른 대답을 하는 아이들까지 포함해서 "맞아, 맞아!" "그런가?" "그렇구나" "그런데…" "혹시…" 등등 다양한 반응이 나오는 즐거운 그림책입니다. 정답이 뭐냐고 진지하게 물으면 곤란해집니다. 그런 질문을 하는 사람들은 대개 그림책을 별로 좋아하지 않습니다.

❀ ❀

아이들은 모두 농담의 세계에 살고 있습니다. 농담, 놀이, 장난의 세계라고 할까요. 눈이 즐겁고, 입이 즐겁고, 목이 즐겁고, 귀가 즐겁고, 손이 즐거운 세계입니다. 사실 그림책은 이런 세계와 아주 친숙하지만, 그것을 뒷받침해줘야 할 어른들이 책을 다른 동기(동기 부여)로 이용하기 때문에 묘한 문제가 생깁니다. 출판사도 덩달아 '지능교육을 위한 그림책'이니 '발육을 위한 그림책' 같은 것을 펴내고, 그림책 전문 서점도 "세 살부터 혼자 읽는 책"이라는 둥 근거도 없는 소리를 합니다.

❀ ❀

저는 '그림책 읽어주는 것'을 정말 싫어합니다. 아이에게 책의 재미를 알려준다, 글을 모르는 아이에게 책을 읽어준다⋯ 이것부터가 이상합니다. 그리고 무엇보다 책을 읽어주는 할머니들은 영 재주가 없어서 책을 이상하게 읽기 때문에 지루합니다. 페이지 넘기는 속도도 달라서 아이는 좀 더 그 페이지를 즐기고 싶은데 휙 넘겨버리기 일쑤입니다.

아이들은 저마다 자기만의 즐기는 방식이 있습니다. 죽죽 읽어가

다 다시 앞으로 돌아오는 아이가 있는가 하면, 뒤에서부터 읽는 아이도 있고, 아주 마음에 드는 그림을 오려서 간직하는 아이도 있습니다.

실제로 그런 아이를 봤을 때는 혼내주고 싶었지만, 그러는 것도 애정을 표현하는 한 방식이라고 생각하게 됐습니다.

그림책 보급 운동 같은 것은 하지 말아야 합니다. 처음부터 그림책과 친해질 수 없게 만듭니다.

❦ ❦

사람을 믿지 못한다는 것은 자기 자신을 못 믿는 것입니다. 자신은 내버려두면 게으름을 피우니까 다른 사람들도 다 그럴 거라고 생각합니다. 그러니까 숙제를 내주거나 목표를 정해주거나 하는 겁니다. 게으름 못 피우게 말입니다.

❦ ❦

남자아이와 여자아이가 함께 방에 들어가 문을 닫으면 수상하고 이상한 행동을 하지 않나 걱정하는 어른들이 있습니다. 그런 어른이야말로 이상한 사고방식을 가진 사람입니다. 방에서 뭘 하는지는 그 아이들의 문제입니다. 급히 침대에 뛰어들든 말든 이제 완성된 인간으로서 두 아이를 인정하는 수밖에 없습니다. '귀가는 여덟 시까지'라고 못 박아봐야 네 시에 나쁜 짓을 할 수도 있습니다. 날이 저물기 전까지 귀가하라고 말하지만, 낮 시간에 커튼을 내리고 이상한 짓을 하면 어쩌려고요?

● ●

어느 마을 교육위원회에 '나는 오늘 밤 여덟 시에 죽는다'는 내용의 팩스가 들어왔습니다. 오후 네 시 무렵이었습니다. 이 이야기는 그 마을 중학교에서 근무하는 K 미술교사에게 들었습니다.

아무래도 장난 같았지만, 어쨌든 교육위원회로 직접 보내온 팩스라 어른들도 그냥 넘길 수 없어 대책을 서둘렀다고 합니다. 위원회는 팩스를 보낸 아이가 중학생이라고 추정하고 긴급 대책을 세워, 각 중학교에 학생들을 전부 여덟 시까지 귀가시키지 말라고 지시했습니다.

학교에 있으면 죽지 않을 거라고 생각했는지, 아니면 그 학생이 아직 학교에 있다고 전제했는지는 잘 모르겠지만 정말 웃기는 이야기입니다. K선생은 "이런 사정이 있으니까, 모두 협조해라"라고 하면서 "그런데 혹시 이 반에 여덟 시에 죽을 사람 있냐?"고 물어보았다고 합니다. 그랬더니 모두가 "아뇨"라고 대답했다는군요. 아이들은 여덟 시까지 트럼프 게임 같은 것을 즐기며 그저 놀았다고 합니다. 정보 공개형인 K선생은 근사하고, 교육위원회는 참 대단하다, 뭐 그런 이야기입니다.

❦ ❦

아이가 컴퓨터게임만 한다고 걱정하는 부모들이 많습니다. 사실 부모들은 언제나 그런 패턴이죠. 딱지치기가 유행하면 딱지치기 금지, 팽이 돌리기를 하면 팽이 돌리기만 한다고 트집을 잡습니다. 아이들이란 어른들 눈에는 어느 시대에나 '~만 하는' 존재로 보이는 것 같습니다.

❦ ❦

애니메이션만 보면 '애니 오타쿠'라고 말하는데, 그건 애니의 지위가 낮기 때문에 하는 말입니다. '문학 오타쿠', '천체 관측 오타쿠'라고 말하지는 않으니까요. 그럴 때는 '마니아'라는 조금 멋 부린 표현을 씁니다. 하지만 애니 오타쿠가 비디오에 푹 빠져 있는 것이 마음에 들지 않는다면, 천체 관측이 취미인 아이가 좁은 공간에 틀어박혀 컵라면이나 후루룩대면서 망원경만 들여다보는 것도 마음에 들지 않아야 합니다. 하지만 어쨌든 천문학이니까 괜찮다고 생각합니다. 별은 낭만적이라서 좋다고 인식하고 있기 때문에 좋은 거지요.

＊＊

일반적으로 부모들은 아이들의 '집중력'을 길러주고 싶어 하면서도 컴퓨터게임에 있어서만큼은 집중력이란 것을 인정하지 않습니다. 똑같이 집중해서 만화를 읽을 거라면 아카츠카 후지오(주로 개그 만화를 그렸다:옮긴이)보다 데즈카 오사무(〈우주소년 아톰〉 등을 그렸다:옮긴이)를 읽으라는 식이니, 정말 기가 막힙니다.

＊＊

과자도 '천연재료를 사용한, 영양가 있고 살찌지 않으며 두뇌 발육에도 도움이 되는 것'을 먹어야 한다고 생각합니다. 그런 과자는 이 세상에 거의 없습니다. 아니, 전혀 없습니다.

뭐니 뭐니 해도 중요한 건 균형

뭐든 적당히

✦ ✦

컴퓨터게임만 하는 아이라면, 지금 그 아이에겐 컴퓨터게임보다 재미있는 것이 없다는 이야기입니다. 밥도 먹지 않고, 씻지도 않고, 학교에도 가지 않고, 과자나 먹으면서 계속 컴퓨터게임에만 몰두한다면, 그것도 나름대로 꽤 충실하고 재미있는 인생이지만, 계속 그러는 아이는 별로 없습니다. 지금 하고 싶은 것을 찾지 못했기 때문에 컴퓨터게임을 하며 시간을 보낼 뿐입니다. 저도 한때 마작만 했습니다.

✦ ✦

세상에서 말하는 사회봉사라는 것에 미쳐서 학교에도 가지 않고 집에 붙어 있지도 않고 친구와 어울리지도 않는다면 부모는 불안할 겁니다. 고무장갑을 끼고 비닐봉지와 집게를 들고 다니며 친구들이 놀자고 해도 지금 바쁘다며 거절하고, 역 앞에서 "할아버지, 꽁초 버리시면 안 돼요" 하고 주의를 주면서 비슷한 사람들과 함께 '쓰레기 줍기 봉사대' 같은 것을 조직하려 한다면 부모는 정말 불안할 겁니다. 부모들은 그저 단순하게도 '계속 이렇게 행동할지도 모른다'고 생각합니다. 그러니 이런 집중력 역시 부모의 눈에는 좋지 못한 것입니다.

이 아이가 청소 전문가가 될 확률은 극히 낮습니다. 어떤 형태로든 반드시 한계가 올 겁니다. 그리고 다음 일을 생각할 겁니다. 역 앞에서 주의를 주던 아이는 정치운동 쪽으로 나아갈지도 모르고, 사람들을 결집하는 일을 잘하게 돼 조직을 만드는 일을 할지도 모릅니다. 부모의 희망이 뭔지는 모르겠지만, 그것도 나름대로 즐거운 일일 것 같습니다.

✦ ✦

부모는 자기 아이가 '균형 있는 아이'로 자라길 바랍니다. 어느 한 쪽으로 치우치지 않은 아이가 되길 바랍니다. 부모가 아이를 균형 있게 키우고 싶어 한다는 건, 무슨 일이든 잘할 수 있는 아이로 키우고 싶다는 뜻입니다. 취직도 전기 계통이든 철강 계통이든 매스컴 계통이든 백화점이든 학교든 상관없이 그저 돈을 벌 수 있는 곳이면 된다는 마음, 이른바 모든 부모의 마음이 이럴 겁니다. 조금만 생각해보면 이건 너무 어리석은 비전입니다. 아이에게도 무척 실례되는 일입니다. 처음부터 패자부활전 같은 일입니다.

문제가 있는 부모일수록 아이들에게 부모의 존재가 절대적으로 필요하다고 생각하는 것 같습니다. 예를 들어 "부모 어느 한쪽이 계시지 않아서 아이가 비뚤어졌다"는 말을 자주 하는데, 부모가 셋이든 넷이든 비뚤어질 아이는 비뚤어집니다. "아이 때문에 못 헤어진다"며 자신들의 이혼 문제를 얼버무리는 부모도 있습니다.

아이에게 '부모'가 꼭 필요한 건 아닙니다. 힘든 일이 있을 때 도와줄 어른, 이야기하고 싶을 때, 내 얘기를 들어주었으면 할 때, 충고나 지혜를 주었으면 할 때, 어쨌든 이야기를 들어주는 어른이 필요한 겁니다.

서류에 아버지와 어머니 양친이 나란히 있어야 한다고 착각하는 건 부모이지, 아이는 그렇지가 않습니다. 서류상 양친이 있어야 한다고 생각하는 자식이 있다면, 이제 다 자란 녀석입니다.

남편과 줄곧 별거하다가 최근에야 겨우 결심하고 법적으로 이혼

한 여성이 있습니다. 중학교 2학년이 된 아이에게 그 이야기를 하자, 아이는 "응, 이제야 어른이 된 것 같네요. 잘했어요" 하고 머리를 쓰다듬더랍니다.

❦ ❦

병약한 부모 밑에서 자라는 아이가 의외로 착실한 경우를 종종 보게 됩니다. 오히려 아이가 그런 부모를 안정적인 존재로서 바라보며 자라기 때문에 아이의 인격 또한 바람직한 방향으로 형성되어가는 거라고 생각합니다.

❦ ❦

자식이 버릇없이 굴거나 말을 잘 듣지 않을 때 부모는 흔히 "내가 널 어떻게 낳았는데" "널 위해 내가 얼마나 고생했는지 알기나 하냐"고 버럭 화를 냅니다. 그런데 아이는 이 말의 의미를 잘 알지 못합니다. 알 리 없습니다. 억지니까요. 그러니까 어쩔 수 없이 "낳아달라고 부탁한 적 없어요" 같은, 정말이지 맹랑한 소리가 나오는 겁니다. 어느 가정에나 이런 일이 있습니다.

이미 완전히 지친 어른들

어렸을 때부터 자기 좋은 대로 혼자 놀기를 좋아했고, 지금도 그렇게 살고 있는 그림책 작가인 여자친구가 있습니다. 그 친구에게서 어렸을 때 혼자서 노는 일도 정말 힘들었다는 이야기를 들었습니다.

자기는 재미있기만 한데 모래밭 같은 데서 혼자 놀고 있으면 꼭 선생님이 다가왔다고 합니다. "같이 놀아야지" 하면서요. 어쩔 수 없이 잠시 다른 친구들과 놀지만 그래도 역시 혼자 노는 편이 재밌어서 다시 모래밭으로 돌아오면 선생님이 또다시 다가왔다고 합니다. 그러기를 몇 번 반복했는데 결국에는 선생님이 다른 친구 두어 명을 모래밭으로 데려오더랍니다. 그 아이들에게 함께 놀아주라고 하면서요.

알 것 같습니다. 있을 법한 일입니다. 아이 자체를 보지 않고 겉모습만 본 겁니다. 혼자 있는 모습만 본 겁니다. 외톨이의 도식을 본 겁니다. 외톨이는 좋지 않고, 모두가 사이좋게 지내야 한다는 틀에 박힌 생각을 한 겁니다.

사실 이것은 아무것도 보지 않고, 아무 생각도 하지 않고, 아무 감정도 갖지 않는, 말하자면 게으름입니다. 아이를 지도하거나 보육하는 사람들에게서 흔히 보이는 패턴이지요.

♣ ♣

어쩌면 4천 년 전에도, 35만 년 전에도 어른들은 이미 지쳐 있었는지 모릅니다. 인류의 역사를 보면 어른들이 진저리치는 게 이해 안 되는 것도 아닙니다. 게으름을 피우고 싶은 게 당연한지도 모르겠습니다.

♣ ♣

아담과 이브라면 역사 시험도 식은 죽 먹기일 겁니다. "옛날에는

어땠습니까?" "모릅니다. 제가 시작이니까요." 나중에 사과 문제
만 조금 공부해둔다면 전혀 문제없겠죠.

＊＊

셰익스피어 시대만 해도 이미 어려운 문제였습니다. 연극을 보아
도 잘 알 수 있습니다. 〈로미오와 줄리엣〉, 〈리어 왕〉, 〈맥베스〉
의 인물들은 인간관계로 무척 괴로워합니다. 카프카 시대 무렵에
는 이미 지칠 대로 지쳤습니다. 하지만 그 시대 사람들도 나름대
로 꽤 노력하고 있었다는 생각은 듭니다.

＊＊

어쨌든 부모가 지쳐버렸기 때문에 아이에 대해 '좋은 게 좋은 거
다'라는 태도로 임하는지도 모른다는 생각이 듭니다. 연애할 때 애
를 먹었던 부모가 딸에겐 그런 경험을 시키고 싶지 않다고 생각하
거나, 입시에 고생한 부모가 아이를 사학 명문에 넣으려고 하거나
말입니다.
모든 면에서 정신적으로 지쳐 있기 때문에 더 이상 사소한 데까지
신경 쓰지 못하고 "어쨌거나 사이좋게 지내" 또는 "시키는 대로만

하면 인생이 편해"라며 포기한 듯이 말합니다. 그런 말을 밥 먹듯 하는, 이미 힘이 빠질 대로 빠져버린 어른들이 아이들을 양육하고 있습니다.

갓 태어난 아이는 아담과 이브 같은 존재입니다. 누구나 제로 상태에서 시작합니다. 그 각자의 역사가 처음부터 "지친다"가 되어서는 안 됩니다. 하지만 시작부터 이미 이런 상황에 침해당하는 경우가 아주 많습니다.

♣ ♣

운동회는 이제 백만 번, 이백만 번쯤 반복됐기 때문에 지겹습니다. 사람이 지겨운 게 아니라 운동회 자체가 지겨운 겁니다. 아이들에게야 새로울 수 있지만, 그것도 초등학교 4학년 무렵부터는 조금씩 지겨워지기 시작합니다. 운동회는 언제나 똑같아서 더 이상 뭘 바랄 수가 없습니다.

♣ ♣

꽃구경이라는 말이 있습니다. 그런데 무슨 이유인지 우리가 구경하는 꽃은 튤립도 복숭아꽃도 목련도 아니고 언제나 벚꽃입니다.

완전히
　　지쳐버렸어···

왜 벚꽃인지 모르지만, 사람들은 이유를 생각하지 않습니다. 어쨌든 꽃구경은 벚꽃 구경이고, 이건 천 년, 천오백 년 동안 이어져왔습니다. 그래서인지 다들 피곤해합니다. 안 그런 게 더 이상합니다. 피곤하지 않으려면 비정상이 되는 수밖에 없습니다.

❀ ❀

가끔 근처 공원 같은 데서 할아버지, 할머니가 보온병에 담아 온 차를 마시면서 슬슬 꽃을 감상하는 모습을 보면 '아, 이런 꽃구경도 아직 있구나' 하고 흐뭇해집니다.

❀ ❀

조금 멀리 교외로 나가면 이런 곳이 다 있나 싶을 정도의 장소에서 멋지게 꽃을 피우고 있는 벚나무를 만날 때가 있습니다. 이럴 때는 벚꽃도 신선합니다. 시내의 벚꽃 명소에서 하는 꽃구경처럼 질리지 않습니다. 어떤 때는 벚나무의 DNA에 사람을 질리게 하는 인자가 들어 있지 않나 하는 생각이 들 정도입니다.

❦ ❦

‘계절 화제’ 뉴스가 종종 나옵니다. 7월 1일 해수욕장 개장 뉴스에는 반드시 해변의 사람들이 나오고, 한여름에는 동물원의 흰곰을 찍어 내보냅니다. 하지만 흰곰은 더위에 지쳐 늘어져 있습니다. 작년 영상을 내보내도 아마 누구도 눈치채지 못할 겁니다. 흰곰에게도 질렸고, ‘계절 화제’ 뉴스에도 이미 질렸습니다.

❦ ❦

이미 지쳤다 해도, 자신이 지쳤다는 것을 조금이라도 자각하는 편이 좋다고 생각합니다. 사는 게 피곤하다면, 피곤하다고 솔직히 말하는 게 좋습니다. 아이는 원래 우수한 생명체이기 때문에 부모가 지쳤다고 말하면 나름대로 이해하고, 애처로워할 겁니다. 어쩌면 사실은 나도 지쳤다고, 피곤하다고 말할지도 모릅니다. 지친 서로를 이해하게 되는 겁니다.

하지만 어른들은 솔직하지 않기 때문에 “늘 아이의 행복을 생각한다”고 말합니다. 자연이나 환경 문제에 대해 말할 때도 “당연히 문제의식을 가지고 있다”고 말합니다. 국회에서 흔히 나오는 답변과 비슷합니다. 적당히 얼버무리며 넘어갑니다. 아이에게 “되는대로 하자"고 말할 수 없기 때문에 "지금 여러 가지로 궁리 중이야"
하고 말합니다. 아이는 그동안 부모의 생각이 어떻게 변할까 하고
기다리지만, 변할 리가 없습니다. 의욕이 없기 때문입니다. 지쳐
서 그저 피곤할 뿐이니까요.

❧ ❧

이 나라의 키워드는 '그렇게 하도록 되어 있다'입니다. 학부모회의
를 할 때도, 예방접종을 할 때도, 동네 반상회를 할 때도 '좀 이상
한데?' '왜 그렇지?' 하는 의문이 들어서 질문하면 담당자 대부분
이 "그렇게 하도록 되어 있습니다"라고 대답합니다.
아주 오래전 이야기입니다. 혼인신고를 할 때 입회인의 서명 날인
이 필요하다고 해서, 실업급여를 받으러 갔다 돌아오는 길에 우리
집에 놀러 온 친구 녀석의 도장을 찍어 아슬아슬하게 시간을 맞춰
관청으로 갔습니다. 그랬는데 "입회인이 두 명 필요합니다"라고
말하더군요. "네? 왜 그렇죠?"라고 물었더니 그는 "그렇게 하도록
되어 있습니다"라고 대답했습니다. 그때 마침 옆에서 청소하던 아
주머니가 다가오더니 "나한테 도장이 있으니까 나라도 괜찮다면
찍어줄게요" 하셨습니다. 감사했습니다. 경탄할 만한 혼인신고였

그 문제에 관해서는
저도 일단
답을 가지고 있습니다.

습니다. 실업자와 청소부 아주머니가 증인이니, 참으로 견실하지 않습니까?

그 뒤로 30년 가까이 세월이 흘렀지만, '그렇게 하도록 되어 있다' 문제도, 혼인신고 문제도 뭐 하나 이렇다 하게 달라지지 않았습니다. 한탄스러울 따름입니다.

✿ ✿

교사인 제 친구가 시중에서 판매되는 문제집을 이용해 학생들에게 감상문을 쓰도록 한 적이 있었습니다. 문제집에 나온 문장을 요약하면 이렇습니다. 수업 중에 갑자기 비가 주룩주룩 내렸고, 엄마들이 하나둘 우산을 가지고 아이를 데리러 왔다. 그런데 우리 엄마는 파트타임 일을 하고 있어서 올 수 없었다. 엄마가 나를 위해 열심히 사느라 그런 거니까 나도 열심히 공부해야겠다는 생각이 들었고, 친구와 우산을 함께 쓰고 집에 돌아왔다.

그에 관한 감상을 50자 이내로 쓰는 것이었습니다. 그런데 그중에 "별 느낌이 없다"고 감상을 쓴 아이가 있었습니다. 솔직합니다. 완전히 동감합니다. 하기야 비 올 때 우산이 있다 없다 하는 이야기일 뿐, 정말 '별 느낌이 없는' 이야기입니다. 50자 이내라는 제한에

비해 너무 짧은 감상이긴 합니다만, 의식이 제대로 박힌 제 친구놈은 "이 아이 글이 마음에 들어서 높은 점수를 줄 수밖에 없었다"고 말했습니다. 하지만 그런 교사는 드뭅니다.

그런데 그 문제에 대한 교사용 모범 답안을 보니 기가 막혔습니다. 여자아이가 엄마의 기분을 헤아리면서 서운함을 억누르는 모습이 감동적이다, 우산을 씌워준 친구들의 배려가 감동적이다 같은 답안이 제시돼 있었습니다. 아이들은 이 선에서 구태의연한 어른용 답을 찾아야 하는 것입니다.

인간의 정신활동 수단 중 하나인 언어나 문장 같은 매우 중요한 부분의 학습을 담당하는 것이 바로 국어(언어) 교육이라서 저는 이 답안을 보고 정말 구태의연하다고 생각했습니다. 아이들이 배우는 거라곤 어른들이 기대하는 '고루한 답들'뿐입니다.

❀ ❀

아주 오래전, 제 딸아이의 시험에도 이와 비슷한 문제가 나왔습니다. "비가 ○○처럼 내렸다" "눈이 ○○처럼 내렸다"라는 문장을 놓고 ○○ 안에 들어갈 말을 보기에서 골라 넣는 문제였습니다. 보기는 세 개였는데 '풀솜'과 '명주실', 그리고 무슨 의도인지 모르

그렇게 하도록

되어 있습니다.

지만 '방석'이 있었습니다.

'방석 같은 눈'도 나쁘지 않아서 유머와 센스를 알아보는 문제인가 했는데, 역시 답은 '명주실 같은 비' 또는 '풀솜 같은 눈'이었습니다. 이른바 관용구라는 것이죠. 딸아이는 '방석'을 선택해서 가위표를 받았습니다.

물론 눈이 내리는 걸 보면서 '풀솜 같은 눈'이 이런 거구나 한다든가, 가느다란 빗줄기에 빛이 반사돼 하얗게 빛나는 걸 보면서 '명주실 같은 비'라는 표현이 딱 맞구나 하고 생각할 수 있습니다. 이런 표현을 처음 만들어낸 사람은 정말 훌륭하고 대단하다고 생각합니다. 그러나 이런 시험에는 도무지 익숙해지지가 않습니다. 끼워 맞추기 문제는 특히나 그렇습니다.

❀ ❀

'○○처럼'은 직유입니다. 비유의 말들은 재밌습니다. '고릴라 같은 테이프레코더'라든가 '오늘은 고래 같은 날씨다' 같은 표현에서 알 수 있듯이 꽤 자유로운 감각의 세계입니다.

발이 저리는 것을 '발이 사이다 같다'고 표현한 남자아이가 있었습니다. '거품이 나다', '소름이 끼치다' 같은 말도 모두 이런 발견을

너무 개성적인
표현은 쓰지 마.

머리 아프니까.

거쳐 언어화되었습니다. 이런 표현이 앞으로도 더 나올 거라고 생각하면, 역시 언어의 세계는 끝없는 전율인 것 같습니다. 그런 전율을 주는 학습이 어딘가에는 있지 않겠습니까?

❀ ❀

'기승전결'이라는 것이 있습니다. 그런데 이것에 맞춰 쓴 글은 대부분 재미가 없습니다. 대체 누가 기승전결이 작문의 기본이라고 말했을까요?

이것은 문장을 구성하는 하나의 형식에 불과합니다. 말하자면 기승전결은 안전한 구성을 위해 일부러 짜놓은 틀입니다. 실제로 재미있는 글을 이 틀에 맞추려 하면 잘 써지지 않습니다. '승'에서 시작할 수도 있고, 대담하게 '결'에서 시작할 수도 있고, 또는 계속 '기'로만 일관할 수도 있습니다. 즉 여러 가지 형식이 있을 수 있는 겁니다. 다양한 문장 형식이 있는데 기승전결 방식만 고집한다면 아마도 거의 책을 읽지 않는 사람인지도 모릅니다. 하지만 아이들은 작문 시간에 기승전결을 배웁니다. 정말 쓸데없는, 아니 정말 유해한 일입니다.

❀ ❀

'이제부터 우리가 역사를 만들어갈 수 있다'는 생각은 정말 멋진 생각입니다. 그저 배우거나 옛것을 주워 모아 이미 이루어진 것을 음미하기보다 지금부터 만들어가는 편이 훨씬 두근거리는 일입니다. 그러는 것이 의미도 있고, 또 아이들에게도 익숙하기 때문에 아이들은 그런 기미가 보이면 즐거워합니다. 음표를 나열하면 음악이 되고, 색을 칠하면 그림이 되며, 글자를 조합하면 문장이 되고, 숫자로는 계산을 할 수 있다는 가능성을 알아가는 일, 그 가능성에 가슴이 콩콩 뛰는 겁니다.

그렇기 때문에 사소한 것들은 하나도 중요하지 않습니다. 이분음표 하나, 사분음표 두 개는 큰 차이가 없고, 한자의 획순도 중요하지 않습니다. 도형을 그릴 때 직각을 89도로 그려도 아무 문제 없습니다. 저도 한동안 공업디자이너로 일했습니다. 어쨌든 가능성을 느낀다는 것이 중요합니다. 그런 느낌이 왜 이렇게까지 사라져버린 걸까요?

❀ ❀

'실험정신'이 참 부족한 사회입니다. 조금 시험해보는 일, 조금만

실험정신은
라이트형제에게
맡겨두시죠?

바꿔보는 정도의 시도에도 왠지 불안해하는 사회, 그리고 개인들입니다.

아직도 초등학생들의 가방은 거의 란도셀입니다. 직장인들은 양복입니다. 더 어울리는 신발이나 옷이 널려 있는데, 그야말로 넘치도록 풍족한 사회인데도 바꾸려고 하지 않습니다. 더 나은 것을 도입하려고 하지 않습니다. 변화를 두려워합니다. 실험, 시도를 죄라고 생각하는 것 같습니다.

❀ ❀

실험정신이 강한 저는 자주 실패를 맛봅니다. 예전에 란도셀을 직접 디자인하고 판매했던 적이 있습니다. 색상은 로즈핑크와 다크브라운으로 하고, 디자인도 세련되게 했습니다. 소재는 비닐을 썼는데 아주 조금밖에 팔리지 않았습니다.

나중에 시장조사를 해보니까(왜 시장조사부터 하지 않았느냐고 물으시면 할 말이 없습니다), 란도셀을 구입하는 사람은 거의 할아버지 할머니였습니다. 손주의 입학을 축하하기 위해 할아버지 할머니가 주로 구입하고 있었습니다. 그러니까 최종적인 외관이 중요했던 겁니다. 그런데 비닐 소재에 8만 원짜리 로즈핑크색 란도셀이라니 그들 눈에 마땅치가 않았던 거죠. 진짜 가죽에 광택이 도는 검은 색이나 빨간색 30만 원짜리 란도셀이 가장 인기 있었습니다. 실험 정신도, 생활 개선도 손주의 입학 선물 앞에서는 아무 소용이 없었습니다.

이런저런 이유로
아이들을 시험하는 어른들

어른들은 아이들에게 걸핏하면 시험을 치르게 합니다. 하지만 제가 보기에 시험은 그저 시험일 뿐, 실력 향상을 위해서다, 객관적인 평가를 위해서다 같은 그럴듯한 이유를 대며 아이들에게 이것저것 강요하는 것에 지나지 않습니다.

왜 그런 식으로 실력을 향상시켜야 하는지, 왜 마지막에는 꼭 시험을 봐야 하는지, 왜 점수로 아이를 평가해야 하는지 모르겠습니다. 이것은 대학입시 때까지 계속되며, 사회에 나와서도 영업 실적이라는 명목으로 평가를 받아야 하는 이 사회의 유치하고 성숙하지 못한 면이라고 생각합니다.

이런 현실을 바꿀 수 있는 방법이 정말 없는지 답답할 뿐입니다.

＊＊

산신령이 금도끼와 은도끼를 들고 나와서 "이 도끼가 네 도끼냐?"
하며 나무꾼을 시험하는 옛날이야기가 있습니다. 심술궂기 짝이
없는 이야기입니다. 나무꾼이 떨어뜨린 것이 쇠도끼라는 걸 처음
부터 알면서 산신령은 굳이 딴소리를 합니다. 경찰이라면 모르겠
지만 산신령이라면 모를 리가 없지 않습니까.

＊＊

자율적으로 원하는 사람만 시험을 치르게 하는 제도를 만들지 않
는 한, 우리의 교육은 긍정적인 효과를 거두기가 쉽지 않아 보입
니다. 예를 들면 미술대회에 나가보고 싶다, 산수경시대회에 참가
해서 실력을 테스트해보고 싶다는 식이라면 얼마든지 좋습니다.
운동회를 할 때도 모든 종목에 참가해야 하는 것이 아니라 그중에
서 좋아하는 경기에만 참가하는 식입니다.
떠들썩하게 남들 앞에서 뭔가 하는 걸 좋아하는 활달한 아이는 빵
먹기 대회, 운동을 좋아하는 아이는 100미터 달리기나 마라톤, 미

적 센스가 있는 아이는 체조, 이런 식으로 선택하는 즐거움이 있으면 경쟁에도 그 나름대로 의미가 있을 것입니다.

❋ ❋

이 사회는 '노력'을 과대평가합니다. 아마도 자신보다 윗사람, 즉 남을 위해 일해야 했던 역사가 길었기 때문인 것 같습니다. 윗사람에게 '비지땀을 흘려가며 열심히 일하는 모습'을 보여야 했던 역사가 오래 계속되었기 때문인 것 같습니다. 만약 자신을 위해 일한다는 단순한 행위가 계속되었다면, 노력은 결코 평가의 대상이 되지 않았을 겁니다. 또 '노력'이란 단어를 교실에 커다랗게 써 붙일 필요도 없었을 겁니다.

❋ ❋

태어날 때부터 다리가 불편해서 휠체어를 타는 여자아이가 쓴 글을 읽은 적이 있습니다. "나는 처음부터 이런 상태였기 때문에 이 상황에 익숙하며, 또 이런 상태 외에는 경험해보지 않아서 남의 눈에 어떻게 비칠지 몰라도 나는 내 나름대로 충분히 평범하게 살고 있다. 그런데도 남들은 나를 보면 불쌍하다는 눈빛으로 '용기를 가지고 열심히 살라'고 한다. 이제는 그 말이 너무 듣기 싫다. 그 말만 듣지 않으면 얼마든지 밝고 명랑하게 살 수 있을 것 같다"는 내용이었습니다.

* *

어쨌든 어른들은 아침부터 밤까지 '열심히'라는 표현에 어울리는 생활을 하고 있습니다. 열심히 역까지 걸어가서, 많은 사람들 틈에 섞여 열심히 전철에 올라타고, 회사에 도착해서는 열심히 일을 하며, 거래처 직원이라도 만나게 되면 열심히 인사를 합니다. 그리고 '열심히 일한 대가'로 월급을 받습니다.

이런 어른들의 생활을 여과 없이 그대로 아이들에게 반영시키려는 것이 문제입니다. 학교도 "열심히 하자" "열심히 했구나" 같은 말로 아이들을 평가합니다. 그러나 아이들은 아직 그렇게 인생을 빡빡하게 살 시기가 아니기 때문에 무조건 '열심히'라는 단순한 말로 그들의 행동을 제약하는 것은 너무 삭막합니다.

* *

언젠가 '단체 줄넘기로 기네스북에 도전한다'는 TV 프로그램을 본

무조건 열심히!!

적이 있습니다. 학교 선생님이 학생 100여 명을 데리고 기록에 도전했는데, 표면적으로는 학생들이 자발적으로 생각한 것이라고 했지만 사실은 그렇지 않은 것 같아서 보는 동안 점점 마음이 무거워졌습니다.

학생들 중에는 왁자지껄 떠들썩한 분위기를 좋아하는 아이들도 있겠지만, 반면에 그런 분위기가 싫어도 이왕 나왔으니 어떻게든 보조를 맞춰보려고 필사적으로 노력하는 아이들도 있습니다. 결국 성공을 하긴 했는데, 기록을 달성한 순간 몇몇 아이가 울음을 터뜨렸습니다. 카메라에 잡힌 그 장면을 보고 어른들은 "너무 기뻐서 감격의 눈물을 흘리고 있다"고 정말 자기들 편한 대로 해석했습니다.

말도 안 되는 소리입니다. 저는 그 아이들이 어떤 심정이었는지 알 것 같습니다. 그 아이들은 그야말로 필사적이었던 겁니다.

만약 실패라도 하게 되면 "네 발에 걸려서 그렇게 됐잖아. 네가 좀 더 잘했어야지" 같은 비난과 함께 따돌림 당할 게 뻔하니까요. 아이들은 실패할 바엔 모두 다 함께 줄에 걸렸으면 좋겠다고 생각했을 겁니다.

고작 아이들이 재미삼아 하는 줄넘기였기에 더욱 심각하고 무섭습니다. 아이들을 데리고 직접 행사에 참가했던 선생님에겐 모두가 한마음으로 이 일을 해냈다는, 그리고 자기의 지도로 성공시켰다는 뿌듯함 외에 별다른 의미가 없었을 겁니다.

❀ ❀

전쟁 때도 매국노라는 말을 듣지 않기 위해 모두가 꾹 참고 견뎠습니다. 전쟁 때처럼 명령만 내리면 기계적으로 움직이는 인간을 만들려는 망령 같은 문화가 아직도 존재하고 있다니, 정말 세상 살기 싫어집니다.

이런 시대착오적인 생각을 하는 사람들이 예전의 군부나 정부도 아니고 지금의 학교와 유치원에 존재한다는 사실이 정말 섬뜩합니다. '모두가 함께 행동하는 것이 중요하다'는 것 때문에, 용감하게 혼자 반론을 제기하기 힘든 무거운 문화 속에서 '개인'은 너무나 힘들게 살아가고 있습니다.

❀ ❀

헤어스타일은 아주 중요한 문제입니다. 스타일 이전에 머릿결이 더 문제라고 말하는 사람도 있지만, 그건 잠깐 접어두고, 사실 이것은 남이 이러쿵저러쿵 쉽게 말할 수 있는 것이 아닙니다. 복장도 마찬가지입니다. 한 가지만 알고 떠드는 바보처럼 선생님들은 머리와 복장이 산만하면 마음까지 산만해진다고 말하는데, 이 '산만한 마음'이 바로 요점입니다. 저는 마음이란 산만하기 위해 있는 거라고 생각합니다. '산만해지지 않는 마음'은 이미 마음이 아니니까요.

저는 '심(心)' 자를 좋아합니다. 생긴 모습이 좋습니다. '권(權)'이나 '군(軍)' 같은 글자는 획이 모두 확실하게 붙었지만 '심(心)'은 흩어져 있습니다. 즉 처음부터 산만한 상태입니다. 마음이 산만해지면 안 된다는 것은 마음을 포기하라는 것이고, 두근두근이나 철렁철렁이나 주뼛주뼛 같은 감정을 갖지 말라는 이야기입니다. 물론 관리자나 정치가, 남을 통솔하는 역할을 하는 사람들까지 모두가 산만해지면 곤란하겠죠. 어쨌든 '일사불란'하라는 요구는 결국 마음을 갖지 말라는 말입니다.

❀ ❀

당근을 싫어하는 아이가 많습니다. 당근에는 꽤 특이한 맛이 있기 때문입니다. 감자를 싫어하는 사람이 거의 없는 것은 감자에 당

생물은 집단 공생적 발달이라는

　상호협조성에 의해 이러쿵저러쿵…

학술적으로는 이러쿵저러쿵…

근만큼의 특이한 맛이 없기 때문일 겁니다. 그런 점에서 습관처럼 당근을 거부하는 것도 충분히 이해할 수 있습니다. 커피를 싫어하는 어른도 있고, 냄새 때문에 버번위스키가 싫다고 하는 어른도 있습니다.

하지만 급식에 나온 당근을 먹지 않고 남기면 왜 그때마다 혼이 나야 하는지, 이 문제는 아직도 해결되지 않고 있습니다. 당근을 먹지 않으면 나가서 놀 수 없거나 벌로 청소를 해야 하거나 숙제를 배로 해야 하기 때문에 눈물을 머금고 당근을 먹는 바보 같은 일이 아직도 일어나고 있습니다. 이것은 인권 문제입니다. '인간은 당근을 먹어야 할 의무가 있다', 뭐 그런 느낌이니까요.

아이들은 아직 세상을 잘 모르기 때문에 어른들을 훌륭한 존재라고 생각합니다. 이건 정말이지 '미국인은 아주 영어를 잘한다' 수준의 인식입니다. 어쨌든 어른이나 아이나 할 것 없이 자연스럽게 그렇게 생각합니다.

그런 어른들이 당근을 먹어야 한다고 말하니까 뭔가 이유가 있을 거라고 생각하는 겁니다. 그런데 막상 어른이 되어보면 꼭 그러지 않아도 됐다는 것을 알게 됩니다. 브로콜리를 남긴다고 특별히 불행해지는 것도 아니고, 당근을 안 먹는다고 특별히 병에 걸리는

것도 아닙니다. 만약 어른들에게 "당근이 인생과 무슨 관계가 있나요?" 하고 물으면, 아마 99퍼센트는 "없다"고 대답할 겁니다. 나머지 1퍼센트는 꽤 철학적인 대답을 내놓으려고 고민할 테지만요.

◈ ◈

숙제를 하지 않은 아이에게 선생님이 화를 내는 것은 '내가 시킨 일을 왜 하지 않았느냐'라는 의미입니다. 너를 위해서, 네 장래를 위해서라는 뉘앙스로 말하지만, 그 말의 기저에는 '말을 듣지 않는 아이'에 대한 불쾌감이 있습니다. 자신의 위신이 걸린 문제이기 때문입니다.

아이는 어른이 하는 말의 의미가 뭔지, 이유가 뭔지 열심히 찾습니다. 찾을 수밖에 없습니다. 사실 저도 그랬습니다. 왜 선생님이 저렇게까지 화를 낼까, 야단을 칠까 하고 말입니다.

이런 경우 아이에게 물어볼 어른(예를 들면 부모님이나 다른 선생님)이 있는지 없는지는 정말 큰 차이가 있습니다. "당근이 싫으면 밀어놓고 먹지 마"라는 한마디에 당근 문제는 해결됩니다. "당근 먹는다고 죽냐" 같은 거친 언사가 오히려 효과를 불러올 수도 있습니다.

그런데 말 잘 듣는 착한 자식을 바라는 부모라면, 선생과 부모는 같은 선상에 있기 때문에, 아이는 항복하게 됩니다. 출구가 없기 때문입니다.

❀ ❀

아버지는 같은 한자를 여러 번 쓰는 바보 같은 숙제를 하는 제 모습을 보고 "먹지를 사용하면 되잖아"라고 했던 분입니다. 그러나 아버지가 학교에서도 함께 있어줄 수는 없기 때문에 저는 학교에서 혼이 나고 벌을 받곤 했습니다. 그래도 그렇게 외롭지는 않았던 것 같습니다.

❀ ❀

선생님과 부모가 모두 같은 선상에 존재하며 말 잘 듣는 아이를 원한다면 아이는 그에 따를 수밖에 없습니다. 한자 빨리 쓰기, 군소리 없이 당근 먹기, 숙제 잘하기, 이런 쓸데없는 방법을 익히고 노력하는 데 아이는 많은 에너지를 소비하게 됩니다. 잔꾀를 부리거나 대신 시키거나 커닝을 하거나 하면서 말입니다.
어른을 만족시키기 위해 정말이지 무모하게 시간을 낭비합니다.

그리고 그것이 생활의 전부가 되어서 나중에는 자기가 하고 싶은 것을 할 수 없게 됩니다. 하고 싶은 일이 뭔지조차 모르게 되어버립니다.

* *

뭔가에 시달리다가 화풀이로 "내 청춘을 돌려줘" 같은 말을 하는 사람이 있듯이, 학교에 대해서는 "내 소중했던 시간을 돌려줘"라고 외쳐야 할 것 같습니다. 아무튼 학교생활은 최악입니다.

* *

소풍갈 때 과자는 2천 원 한도에서, 도시락은 김밥, 과일은 금지 등 이런 규제가 아직도 있습니다. "빈부의 격차가 드러나면 아이들이 불쌍하다"는 것이 이유라고 합니다. 실제로 초등학교 선생님에게 들은 이야기입니다. 참으로 이상한 참견이라고 생각합니다. 사정상 과자를 싸오지 못한 아이가 있으면 친구가 나눠줄 겁니다. 아이들의 세계는 그런 것이니까요. 가진 아이는 갖지 않은 아이에게 나눠주고, 갖지 않은 아이는 가진 아이에게 달라고 말합니다. 시끄럽게 다투기도 하고 때로 주먹다짐도 하지만 아이들은 대체로 잘 지냅니다. 잘 지내는 것 말고 다른 방법이 없나 싶을 정도로 잘 지냅니다. 때로 문제가 생겨도 2천 원을 넘었느냐 넘지 않았느냐 같은 문제 때문에 의심병이 든 사람보다는 낫습니다.

❧ ❧

미국에서 살다 온 여자아이가 소풍가서 점심시간에 반 아이들 모두에게 사탕을 나눠주었습니다. 인사를 대신해서 사탕을 나눠주는 게 전에 살던 미국 남부 지방의 관습이라고 했습니다. 그래서 2천 원 한도 규정은 이 아이에게도, 교사에게도 아무런 의미가 없었습니다.

이 나라의 이론은 감정적인 이론입니다. 그런 생각이 든다, 그렇게 하도록 되어 있다, 모두가 그렇게 한다는 것이 이론처럼 굳어 있습니다. '과자는 2천 원 한도에서'도 그런 이론입니다. 그렇기 때문에 그것을 넘어서거나, 또는 감정적인 타당성을 내세우며 "괜찮지?"라고 하면 거스르기가 어렵습니다. 모두에게 사탕을 나눠주면 주는 사람도 즐겁고 받는 사람도 즐겁잖아요, 라고 의견을 내면 될 텐데 말입니다. 문화란 이런 식으로 차이를 드러내는 것인데, 우리 문화에는 언제나 그대로 받아들이는 무책임함이 팽배합

가난한 친구들이
불쌍하잖니?

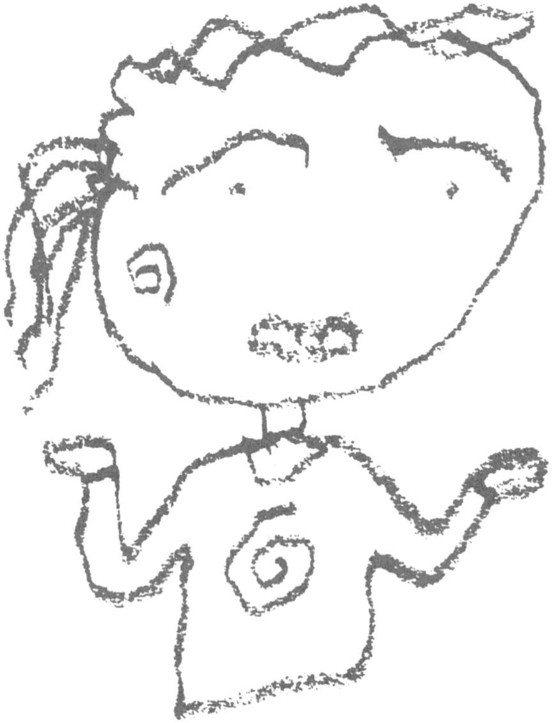

그러니까
과자는 2천 원까지다.

니다. 그래서 숨이 막힌다면, 마음 편히 하고 싶은 대로 해나가면 됩니다.

❀ ❀

어느 학교에서 열린 습자 대회에서 한 여자아이만 가로쓰기를 해서 참신했다고 합니다. 그 학교 선생님에게 들은 이야기입니다. 전시할 때 조금 애로가 있기는 했답니다. 이 아이는 '아, 모두 세로쓰기를 하네. 그럼 난 가로쓰기' 하는 타입입니다. 그런 아이가 의외로 많습니다. 게다가 "와, 좋은데! 재밌어!"라고 해주는 어른이 있어서 개성을 지키고 키울 수 있다면, 세상도 바뀌지 않을까요? 그리고 어느 순간 서도계(書道界)에도 변화가 올지 모릅니다.

❀ ❀

아이들에게 시험을 치르게 하는 것이 저는 아주 마음에 들지 않습니다. "잘했구나. 더 노력하자" 같은 대응 방식도 달라지면 좋겠습니다. 이런 것만 없어도 세상은 꽤 즐거워질 겁니다.

의무와 복종을
좋아하는 어른들

만약 이 세상에서 '이지메'를 없애고 싶다면, 우선 현재의 학교 시스템을 없애야 합니다. 학교에 이지메가 있는 것이 아니라, 학교라는 구조 자체가 이지메라는 뜻입니다.

학교에 가고 싶어 하는 아이는 거의 없습니다. 휴일이라면 만세를 외칩니다. 친구를 만나기 위해, 수영장에 가기 위해, 도서관에 가기 위해 학교에 간다는 아이는 적지 않지만 그냥 학교에 가고 싶어 간다는 아이는 거의 찾아보기 어렵습니다.

❀ ❀

관련 도서에 나오길, 학교는 스칸디나비아 주변의 해적이 해적 예비군을 훈련시키기 위해 만든 시스템이라고 합니다. 즉 조직의 힘을 갖추기 위해 개인을 강화하는 훈련의 장이었습니다. 역사적으로 그렇습니다.

가끔 어린이 문화 전문가라는 사람이 나와서 학교와 개인의 균형 등에 관해 이야기하는데, 처음부터 학교에 '개인'은 없었습니다. 개인은 조직의 단위로서 존재할 뿐입니다. 그렇지 않다면, 몇 살이면 몇 학년이라는 식으로 학령 구분이 기계적이지 않았을 것이고, 몇 시 몇 분부터 시작이니 그 후에 오면 지각이라는 식으로 엄격하지도 않았을 겁니다. 조직, 즉 국가에 도움이 되도록 개인의 능력을 향상시키려는 겁니다. 그렇게 하지 않으면 국력이 약해져 국가 경쟁에서 뒤처질 거라는 압박감 말고는 이 사회가 학교 편중에 빠진 이유를 찾을 수가 없습니다.

❀ ❀

초등학교 1학년 때 제 키는 앞에서 두 번째였습니다. 작았습니다. 그래도 두 번째였기 때문에 조금은 안심했습니다. 하지만 설이 지나서 학교에 가보니, 이게 웬일입니까, 가장 작은 녀석이 전학을 가버린 겁니다.

충격을 받았습니다. 제가 작다는 데 대한 원망이 전제인 건 틀림없지만, 저는 학교에서 학생들의 번호를 정할 때 왜 키를 기준으로 하는지 이해할 수가 없습니다. 왜 그렇게 키에 신경 쓰게 만드는지도 이해할 수 없습니다. 안 그래도 아주 신경 쓰이는데 말입니다.

♣ ♠

시험에서 100점을 맞은 아이는 60점 맞은 아이를 이지메 합니다. 60점 맞은 아이는 40점 맞은 아이를, 40점 맞은 아이는 0점 맞은 아이를 이지메 합니다. 이건 의지가 아니라 결과적으로 그렇게 되는 것입니다. 선생님도 모두가 알아볼 수 있게 빨간 펜으로 커다랗게 '40'이라 쓰고 밑줄을 죽 그어놓습니다. 이런 게 이지메 그 자체입니다.

그래서 이지메를 하거나 당하고 싶지 않은 아이는 점수를 숨깁니다. 높은 점수를 맞은 아이도 점수를 숨깁니다.

❀ ❀

이지메는 어린이집, 유치원 때부터 시작됩니다. 글을 아는 아이와 모르는 아이. 행동이 빠른 아이와 느린 아이. 발표를 제대로 할 수 있는 아이와 할 수 없는 아이. 잘한다, 못한다의 시각으로만 보다 보니, 결과적으로 잘하는 아이는 못하는 아이를 이지메 하게 됩니다. 그런 상태를 조장하는 셈입니다. 왜 아이들을 할 수 있고 없고로 나누는 걸까요.

❀ ❀

여기에는 경쟁 원리라는 것이 있습니다. 경쟁을 통해 실력을 향상시킬 수 있으니까 경쟁이 타당하다는 이론입니다.

정말 어이없는 이론입니다. 그것은 가끔 세상에 일어나는 일일 뿐, 절대 원리라고 할 수 없습니다.

주위를 둘러봐도 바로 알 수 있습니다. 이긴 아이는 으스대고, 진 아이는 풀이 죽습니다. 이기면 이긴 대로 또 이기고 싶어 하고 지면 어쩌나 불안해하고, 지면 진 대로 부루퉁하거나 이기기 위해 수단을 찾습니다. 아무튼 이긴 아이나 진 아이나 서로의 실력을 향상시킨다는 이론대로 움직이지 않습니다.

상대적으로 볼 때
당신의 아이는
머리가 나쁩니다.

게다가
키도 작아요.

가능하면 승패에 얽매이지 않아야 좋습니다. 경쟁을 이해하는 아이들도 있겠지만, 저는 굳이 아이들을 경쟁시키려는 심리가 한심합니다.

      ❀ ❀

자연스럽게 하지 않고 개인차를 완전히 무시한 채 아이들을 모으고 구분하고 번호를 매기는 것 자체가 이지메의 구조라고 해도 틀린 말은 아닐 겁니다. 인위적으로 만든 동물원의 동산이 자연의 동산과 전혀 다르듯이, 이유도 없이 한곳에 모이게 된 아이들이 저마다 다양한 반응을 보이는 것은 당연합니다.
이지메도, 등교 거부도 이상할 게 없습니다. 자연스러운 현상이라고 생각합니다.

      ❀ ❀

가령, 주거 지역과 나이라는 기준만 가지고 모은 40명의 아이를 통솔하는 방법에 '모두 사이좋게'라는 것이 있습니다. 반 아이들과 사이좋게, 학교 모두와 사이좋게. 관리자들은 사이좋은 연합부대를 원합니다. "사이좋은 것은 아름다운 것"이라는 옛날 작가의 글을 색지에 써놓기도 합니다. 하지만 '사이좋게'라는 것은 어찌 보면 관리자들에게 상당히 위험할 수 있습니다.

자연스럽게 사이가 좋기를 바라는 것이 아니라, 사이가 좋지 않으면 안 된다고 하기 때문입니다. 어른들은 아이들에게 사이좋게 지내라고 명령합니다. 억지로 모아놓고서 말입니다. 그러니 친해지기가 꽤 어렵습니다. 대범한 아이라면 대범하게 친해지려 하겠지만, 착실한 아이는 그야말로 착실하게 노력합니다. 친해져야만 한다고 생각하기 때문입니다. 진짜 친구를 찾습니다. 대범해져야겠다고 생각하는 겁니다. 어쨌든 반 아이가 40명입니다. 그중에서 자기와 마음이 딱 맞는 아이가 있을 확률은 아주 낮습니다.

그러나 모두 어느 정도 좋은 관계를 만들어갑니다. 그러는 수밖에 없습니다. 그러다가 착실한 아이가 이지메의 대상이 되기도 합니다. 그래서 따돌림을 당하지 않기 위해 아이는 열심히 노력하며 몸과 마음을 혹사시킵니다.

그런 아이들의 모습이 관리자에겐 보이지 않습니다. 볼 마음이 없기 때문입니다. 사건이 일어나도 볼 마음이 없습니다. 아니, 볼 능력이 없습니다.

어쨌든
싸도
사이좋게
지내는게 좋아.

❦ ❦

저희 집 주변에 초밥집이 네 곳이나 있습니다. 맛있는 집도 있고 맛없는 집도 있습니다. 돈을 잘 버는 집도 있고 파리 날리는 집도 있습니다. 만약 법으로 '3번지 사람은 ○○초밥집, 5번지 사람은 △△초밥집으로 가야 한다'고 정한다면 초밥집 사장은 망할 염려가 없어서 기쁘겠지만, 맛없는 △△초밥집으로 배정받은 사람들은 괴로워할 겁니다. 몰래 3번지의 초밥집에 가면 "신분증을 보여주십시오" "당신은 들어갈 수 없습니다" 같은 말을 듣지 않을까요? 물론 요즘 세상에 이런 법이 있을 리 없습니다.

그러나 그것을 아무렇지 않게 하는 곳이 바로 지금의 학교입니다.

❦ ❦

어렸을 때 문득 선생과 학생의 관계는 무척 이상하다고 생각한 적이 있습니다. 초등학교 1학년 때 담임선생님은 의욕이라곤 없는 할머니 선생님이었습니다. 옆 반 선생님은 젊은 분이었고 분위기가 떠들썩했습니다. 그래서 '저 반이면 좋겠다' 싶어 옆 반으로 가려다가 야단을 들었습니다. 결국 어쩔 수 없이 원래 반으로 돌아왔지만, 할머니 선생님 반에 있기 싫었습니다. 대체 이 관계는 뭘

까? 하고 어린 마음에 괴로워했던 기억이 납니다.

가장 큰 착각은, 그런 선생님은 아이들을 절대 '손님'으로 생각하지 않는다는 점입니다. 세상의 조직을 공평한 시각으로 본다면, 교사들은 '학생은 손님'이라고 생각해야 합니다. 학생이 없으면 교사는 존재할 수 없으니까요. 독자가 있어야 저 같은 그림책 작가가 존재하는 것과 마찬가지입니다. 그러나 교사들은 그것을 면제받은 사람들입니다.

✦ ✦

최근에 학교를 그만두고 검정고시 학원에 다니는 아이가 늘고 있다는데, 저는 충분히 이해가 갑니다. 검정고시 학원은 영리를 추구하는 곳이기 때문에 가게와 손님의 관계 같은 것이 성립합니다. 그렇기 때문에 짧은 치마를 입든 머리를 물들이든 불필요한 잔소리는 하지 않고, 오직 목적에 맞는 밀도 높은 수업만 합니다.

그런데 일반 학교에서는 아직도 학교를 '어리고 어리석은 아이들을 선도하는 곳'이라고 생각합니다. 구조적으로는 전도 활동과 똑같습니다. 당신들은 세상 물정 모르는 불행한 사람들이니까 학교라는 교회에 와서 광명을 찾고, 제대로 된 인간이 되어 축복받아야 한다는 도식입니다. 그러니까 교사는 곧 '성직'이라고 생각하는 것입니다. 정말 뻔뻔스럽습니다.

❦ ❦

만약 아이들에게 '이 교실에 있고 싶지 않으면 나가도 좋다' '담임 선생님이 마음에 들지 않으면 원하는 반으로 가도 된다'는 자유가 보장된다면, 당장 실업자가 될 선생님들이 있을 겁니다. 그렇기 때문에 갖가지 방법을 강구해두는 겁니다. '의무교육'은 최후의 보루 같은 것입니다. 학교와 초밥집은 결코 같지 않다고 말하고 싶겠지만, 저는 같다고 생각합니다.

❦ ❦

의무교육에 대해 규정한 헌법 조항이 만들어졌을 무렵은 어려운 형편 때문에 부모가 아이를 팔기도 하고 일을 내보내는 일도 많았던, 아이들에게 무척 힘들었던 시절입니다. 따라서 이런 일을 방지하기 위한 조치의 성격을 띨 수밖에 없었습니다. 부모가 멋대로 아이를 혼인시키는 것을 막기 위한 혼인의 자유까지 포함돼 있었죠.

버릇없고 철 없는
아이들을 이끌어주는 것이
제 사명입니다!

✿ ✿

의무교육에 관한 헌법 조항은 묘하게 딱딱하긴 하지만 잘 읽어보면 의미를 알 수 있습니다.

"제1항 모든 국민은 법률이 정한 바에 따라, 능력에 맞춰 균등하게 교육받을 권리를 가진다. 제2항 모든 국민은 법률이 정하는 바에 따라, 자식에게 보통 교육을 시킬 의무를 진다. 의무교육은 무상으로 한다."

즉, 아이는 공부하고 싶을 때 자신의 능력에 따라 적당한 교육을 받을 권리가 있고, 부모는 그 권리를 무시해서는 안 된다는 뜻입니다. 게다가 공짜로 시켜준다는 것 아닙니까. 정말이지 훌륭합니다. 아이를 위한 법입니다. '권리가 있다'는 말은 반드시 시행하지 않아도 된다는 뜻입니다. 의무는 아이가 아니라 어른에게 있습니다. 권리의 행사를 막으면 안 되는 의무 말입니다.

하지만 어른들은 헌법의 본질을 무시하고 '아이는 학교에 갈 의무가 있다'라고 멋대로 확대 해석합니다. 이건 누가 말한 적도 없고, 법률에 명시되지도 않았습니다. 그렇게 해석했으니 어쩔 수 없고, 그래서 시행했다는 식입니다. 헌법 위반이라고 할 수도 있습니다. '의무를 수행한다'는 데 도취하는 건 병과 다름없습니다. 그렇기 때문에 '등교 거부 아동' 같은 말이 생긴 겁니다. 그저 단순히 '학교에 가지 않는 아이, 권리를 행사하지 않는 아이'라고 여기지 않습니다. 어찌 됐든 그런 아이를 의무를 지키지 않는 나쁜 아이, '등교 의무 거부 아동'이라고 생각합니다. 실로 많은 어른들이 그렇게 생각합니다.

❀ ❀

놀랍게도 학교 선생님뿐만 아니라 부모들 중에도 그런 사람이 많습니다. 학교에 가지 않는 건 반사회적인 행위이고, 사회로부터 소외될 거라고 생각합니다. 기죽지 않는 아이, 게으름 피우지 않는 아이, 부지런한 아이, 사회에 도움이 되는 아이로 키우기 위해 아이들을 관리합니다. 이제 그들은 보호자가 아니라 관리자, 관청입니다. 그건 헌법 위반이므로 이야기는 한층 복잡해집니다. 정말 이상한 이야기입니다.

❀ ❀

아이가 창백한 얼굴로 "학교에 가기 싫어" 하는데 "그래도 가야 한다"고 말하는 부모를 저는 이해할 수 없습니다. 아이를 아끼지 않

권리보다
의무가 먼저…

는 걸까요. 내 아이가 아주 정상적인데 학교에 가기 싫다고 한다면 학교에 문제가 있다고 생각해야 정상 아닌가요. 이 경우에는 "왜 가기 싫은 거니?"가 아니라 "그럼 어디에 가고 싶어?"라고 물어야 옳습니다.

예를 들어 아이가 "욕조 물이 너무 뜨거워"라고 말하면, 어른은 "뜨겁지 않아, 괜찮아. 어깨까지 푹 담가봐"라고 말합니다. "학교에 가야지"라고 말하는 것도 이와 비슷합니다. 참고 들어가라면서 아이를 뜨거운 욕조에 집어넣는 어른들을 보면 대체 왜 그러는지 도무지 모르겠습니다. 이럴 때 아이는 목욕은 싫다고 느낄 뿐입니다. 학교는 싫은 곳이고, 공부는 괴롭다고 느낄 뿐입니다.

＊ ＊

제 큰딸이 고등학교에 들어갔을 때, 작은딸이 중학교를 자퇴했습니다. 저는 경험을 통해 이 사회는 진정한 의미에서 학력으로 살아가는 사회가 아니며, 앞으로 학력의 비중은 점점 줄어들 것이고, 학교라는 시스템 또한 유일무이한 수단이 아님을 잘 알고 실감하고 있었습니다. 그런 아비의 자식이라서 그런지 아이는 학교가 자신에게 맞지 않다고 말했습니다. 저는 두말없이 허락했고 아이는 바로 자퇴했지만 별문제는 없었습니다. 이제 그 두 딸이 많이 자라 나름대로 활기차게 살아가고 있습니다. 학교에 계속 다니나 도중에 그만두나 별다른 영향이 없는 것 같습니다. 다니든 안 다니든 상관없다고 생각합니다.

❀ ❀

작은딸의 경우, 자퇴는 했지만 요리 시간은 좋아해서 한동안 종종 학교에 나갔습니다. 교장선생님은 아주 견실한 분이었는데 "아이가 건강하게 지내는 게 중요하고, 공부하고 싶은 생각이 들 때 공부할 수 있도록 해주기 위해 지켜보는 게 우리의 의무라고 생각합니다. 내킬 때 나와도 좋습니다"라고, 그야말로 교육헌장에 나오는 것 같은 바른 말씀을 해주었습니다. 그래서 날씨가 좋은 날에는 인사도 드릴 겸 보고하러 학교에 갔습니다. 딸에게 그럴 의무가 있다는 말도 해두었습니다.

이런 경우에는 부모가 '우리 아이는 집에서 잘 지내고 있고, 나름대로 학업도 잇고 있으니 안심하십시오'라고 교육청에 통지하기만 하면 아무 문제가 없습니다. 세상의 부모 99퍼센트가 모르는 사실입니다. 교사들 중에도 모르는 사람이 있습니다.

아니나 다를까, 담임선생님은 '자신의 입장'과 '다른 학생들에게 미칠 영향'을 생각해서 병결로 처리하자고 했습니다. 만일 딸아이가 머리를 빨갛게 물들이고 거리에서 술이나 마셨다면, 등교 거부는 곧 불량 학생이라는 도식을 떠올리며 '그럼 그렇지' 했을지 모르지만, 다행히 딸아이는 밝게 지내고 예쁘게 머리를 땋고 자전거로 빵집에나 다니는 아이였습니다. 선생님이 틀린 것입니다. 그는 등교 거부를 인정하지만 수업 중에는 학교 근처에 오지 말아야 한다고 했습니다. 참 힘든 세상살이입니다.

✦ ✦

이 나이가 되니 인생이란 자기가 있을 곳을 찾는 과정이라는 생각이 듭니다. 저도 줄곧 그것을 찾아왔고, 제 아이들도 저보다 열심히 찾고 있는 것 같습니다. 자기가 있어야 할 곳을 적극적으로 찾는 아이가 있는가 하면, 힘이 부족해서 그러지 못하는 아이도 있습니다. 하지만 그렇다고 누군가가 자기 편의대로 찾아주어서는 안 됩니다. 자기가 있을 곳은 스스로 찾아야 합니다. 그리고 아이가 그것을 찾았을 때, 그때 어른이 아이가 필요로 하는 도움을 줄 수 있느냐가 관건이라고 생각합니다.

"나는 학교와 맞지 않아요"라고 확고하게 주관을 밝히고 아무런 미련 없이 학교를 떠나 즐겁고 자유롭게 살아가는 아이도 있습니다. 자기가 있을 곳을 새롭게 찾은 아이입니다. 그런 아이들이 요즘 점점 많아지고 있습니다.

❀ ❀

인생 중반을 넘어서 비로소 배움의 즐거움과 가치를 느끼게 됐다는 사람을 종종 만나게 됩니다. 다양한 형태로 뭔가를 배우고 있는 사람들이 꽤 많습니다. 그들 대다수가 각각의 어조로 하는 이야기가 바로 학교는 별 소용이 없다는 것입니다.

❀ ❀

새로운 형태의 학교가 많이 생기고 있습니다. 그야말로 자발적으로 뭔가 배우려고 하는 사람들을 위한 학교입니다. 저는 종종 그런 학교에 가서 특강을 하는데, 그림책 학교, 색채 학교, 편집자 학교 등입니다. 그 밖에도 다양한 학교 시스템이 생기고 있습니다. 늦은 감은 있지만 괜찮습니다. 아니, 이제라도 시작되었으니 다행이라고 생각합니다. 이런 학교들은 낮에는 직장에서 일하고

네 자유는
인정한다만
모두의 체면을
생각해서···

밤에 모여 공부하는 형태가 대부분인데 선생이나 강사도 대부분 그렇습니다. 필요에 따라 배우기 때문에 분위기가 좋습니다. 그렇기 때문에 저도 덩달아 힘이 넘쳐 떠들어댑니다. 의욕은 넘쳐도 강의 내용은 언제나 그렇고 그렇습니다만.

언제나 아는 척하는 어른들

예술의 즐거움을 몸으로도 마음으로도 느끼지 못하는 어른들이 아이들에게 예술 교육을 하는 건 그냥 내버려둘 수가 없는 문제입니다.

가령, 아이가 그린 그림으로 그 아이의 심리를 판단하는 '아동미술 심리학'이란 것이 있습니다. 정말 고약한 학문입니다. 어른이 모든 일을 혈액형과 별자리점으로 판단한다고 하면 바보 같다며 대놓고 핀잔주면서 그보다 더 한심한 일을 아이에게 아무렇지도 않게 저지르고 있습니다.

예를 들어 검은색, 어두운 색으로만 그림을 그리는 아이에겐 '성격이 어둡다'고 말합니다. 그런 말을 하는 사람 쪽이 오히려 더 어두운 것 아닙니까?

그림을 작게 그리는 아이에겐 '신경질적'이라고 하면서 종이가 이렇게 크니까 전체에 가득 차게 그리라고 말합니다.

종이가 부족할 정도로 크게 그리면 '씩씩해서 좋다'고 합니다. 너무 힘주어 그려서 종이가 찢어지거나 구멍이 뚫리기라도 하면 '난폭한 성향이 있다'고 합니다. 아이가 마음대로 그리게 놔두질 않습니다. 어리석은 건 둘째치고라도, 저는 교활하다고 생각합니다.

왜냐하면 성격이 어둡다, 신경질적이다, 난폭하다 등등 낙인을 찍으며 문제시해놓고는 그것을 고쳐야 한다고 나서기 때문입니다.

작게 그린 아이에겐 신경질적이라 좋지 않으니 크게 그려야 한다고 말합니다. 구체적으로는 굵은 크레파스 같은 것을 줘서 그리게 합니다. 그러면 당연히 섬세한 표현을 할 수 없어서 그림이 커지기 마련이고, 그러면 '잘했다'고 말합니다.

이런 한심하고 편의적인 방법이 다 있나 싶지만, 부모가 지적에 놀라서 곧이곧대로 따르기 때문에 이런 바보 같은 일이 점점 보편화되는 겁니다. 무엇보다 아이들이 가엽습니다.

요컨대
이런 게 예술이지.

아이들은 내키지도 않으면서 무모하게 '아동미술심리학'이란 것에
동참합니다. 이건 큰 문제입니다. 평소 엥겔계수를 의식하지 않고
생활하다가 갑자기 '수입에서 식비가 차지하는 비율이 80퍼센트라
면 너무 가난한 삶이다. 얼른 생활을 개선해야 한다'는 말을 듣는
것과 비슷합니다. 당사자가 동의하지도 않는 방법으로 멋대로 평
가해버리는 폭력에 아이들은 그저 무력할 뿐입니다. 피해자입니
다. 함정에 빠진 겁니다.

✦ ✦

유럽의 미술관에 가면 모사하는 사람, 논쟁하는 사람, 아이들에게
그림을 설명하는 부모 등 소란스럽습니다. 콘서트가 끝난 뒤의 로
비나 티파티 장소에도 그런 소란이 있습니다. 물론 제가 모든 곳
을 다 가본 건 아니지만, 그런 인상을 받았습니다.
반대로 이 나라의 미술관, 음악당, 특히 클래식 음악회장을 가보
면 조용하기만 합니다. 모두 '예술을 느껴야 한다'는 압박감을 느
끼면서 소나 양처럼 조용히 앉아 보고 들을 뿐입니다. 그림이나
음악을 접하면 예술 바이러스 같은 게 몸에 들어오는데 그 바이러

스가 떨어져 나가지 않게 잘 키우려면 되도록 가만히 있어야만 한다, 뭐 그런 느낌이라고 할까요.

❀ ❀

제가 작업실에 틀어놓은 음악을 듣고 "듣기 좋다"고 말하는 사람이 많지만 "좋아하는 음악입니까?"라고 물으면 대개는 "좋기는 한데 잘은 모릅니다"라는 답이 돌아옵니다. 아마 그들이 모르는 건, 곡명이나 작곡가, 시대 또는 장르인 것 같습니다. 딱히 확인해본 것은 아닙니다만.

물론 그런 사람들은 음악에 별 흥미가 없습니다. 잘못이랄 수 없습니다. 하지만 현대인들은 '음악을 좋아하고 흥미가 있다'고 말해야 한다고 생각합니다. 바흐, 모차르트, 베토벤, 차이콥스키와 베르디 정도는 알아야 한다고 생각합니다. 미술이라면 다빈치와 르누아르, 세잔과 피카소 정도는 알아야 한다고 생각하죠. 유명하니까 일단은 알아두어야 한다는 식입니다. 모두 '일단'이라는 문화를 따릅니다. 그렇기 때문에 대표적인 것만큼은 요약해서 외워두고, 그것으로 됐다고 생각합니다. 그 이상은 없습니다.

제 취미는
클래식 감상과
독서예요.

＊ ＊

그런 수준의 어른들이 아이들에게 음악과 그림을 가르칩니다. 일단 일반적인 것들을 외우게 하는 방식으로, 소위 일반교양이라는 명목으로 말이죠.

어른이 되어 상사에게 연하장을 쓸 때 옆에 그림이라도 그려 넣으면 좋은 인상을 주니까, 회식 때 노래 한 곡쯤은 불러야 분위기를 망치지 않으니까 그런 기술을 가르치는 것이 아닌가 하는 생각마저 듭니다.

요령 있게 해나가야 하는 샐러리맨 사회의 기초 능력인지도 모르겠습니다.

＊ ＊

NHK에서 공예, 요리, 원예 등 취미 강좌 프로그램을 합니다만, 이런 방송을 주의 깊게 보다 보면 이 나라 문화의 스타일이 절로 드러나는 듯합니다.

예를 들어 〈목공 입문〉 편이 있었습니다. 그 주의 주제는 '목공을 근대적으로 해석해 전기스탠드를 만들어보자'였습니다. 전문가가 나와서 동화 속 인형 같은 몸체 위에 전구를 올려 스탠드를 만드는 방법을 죽 설명했습니다.

방송 때마다 학생들이 나와서 질문을 하는데, "선생님, 여기는 이 정도로 깎으면 될까요?" "아니, 좀 더 깊이 하는 게 좋겠네요" 식 의 문답이 이어졌습니다. 그건 그저 전문가의 취향이지, 그 이상 은 아니었습니다.

❉ ❉

〈하이쿠 입문〉 편에서는 강사가 대담하게도 응모작의 시구를 계 속해서 바꾸어 결국 시상(詩想)까지 달라지는 것을 보고 정말 어처 구니가 없었습니다. 응모한 사람도 어리석지만, 아무튼 강사가 절 대자와 같은 세계였습니다.

❉ ❉

강사가 자기가 시키는 대로 만들게 하고 그 방식을 밀어붙일 때 흔 히 하는 말이 "모든 것은 모방에서 시작된다"입니다. 물론 처음 시 작하는 단계에서는 모방을 통해 익히는 부분이 분명 있지만, 강사 들이 하는 이 말은 그런 의미가 아닙니다. 그들이 의식하든 의식 하지 않든, 여기서 모방이란 자신을 지키기 위한 수단입니다. 학생들이 자신을 모방하는 한 그들에게 뒤처질 리 없기 때문입니다. 우위를 지키기 위한 그럴듯한 구실입니다.

❀ ❀

이를 더욱 밀어붙이는 분야가 다도와 화도(꽃꽂이)입니다. 유도 역시 '도'이긴 하나 유도에는 아무리 권위가 있는 선생이라도 학생이 더 강하면 내동댕이쳐질 수 있다는 엄격한 현실이 있습니다. 하지만 다도나 화도는 그럴 일이 없기 때문에 안심입니다. 결코 추월할 수 없는 좁은 일차선 도로 같습니다.
이렇게 하니까 본래의 다도나 화도의 자세와는 전혀 관계없는 경직된 세계로 변해가는 것입니다.

❀ ❀

저는 인스턴트 가루차를 즐겨 마십니다. 다도에 대해 잘 모르기도 하지만, 그냥 즐겁고 편안하게 마시는 것이 좋아서입니다. 손님에게도 종종 인스턴트 차를 대접하는데 무슨 차냐고 물으면 왠지 난처합니다. 재치 있게 대답하기가 어렵습니다.

❀ ❀

꽃꽂이는 정말 재미있는 작업입니다. 이렇게 해보고 저렇게 해보고, 꽂았다 뺐다 하는 재미가 있습니다.

집 정원이나 주변에 핀 꽃을 꺾어다가 꽃꽂이를 하면… 정말 최고입니다. 꽃집에서 사면 뭔가 섭섭합니다. 왠지 처음부터 지고 들어가는 느낌이 들거든요.

가끔은 다른 사람이 해놓은 꽃꽂이를 보고 '와, 대단하다' 하며 놀라기도 합니다. 그야말로 꽤 풍부한 세계입니다. 여기에 '무슨무슨 파' 같은 것은 중요하지 않습니다. 오히려 그런 말이 나오는 순간, 그 세계는 초라해집니다.

그런 세계에서 이름을 내걸고 어떻게 제자를 키우겠다는 것인지 저는 아무리 생각해도 이상합니다. 선생 밑에 있다가 드디어 자신의 이름을 내걸고 제자를 받는 입장이 되는 식의 도제를 좋아하는 사람이 의외로 많은 것 같습니다.

'문화 피라미드' 같은 것입니다. 아이들에겐 되도록이면 숨기고 싶은 문화입니다.

음,
전통적인
미란 말이지...

＊ ＊

우리 사회는 전통과 형식 속에서만 번성할 수 있는 사회인지도 모르겠습니다. 전통과 형식이 있어야만 안심하고 발전시킬 수 있는 것입니다. 전통이라는 이름을 내건 축제라면 무모하리만큼 분위기가 흥청망청해도 눈감아주는 경찰이 생소한 록 페스티벌 같은 행사는 엄격하게 통제합니다.

얼마 전 우연히 어느 유파의 꽃꽂이 전시회에 참석했는데, 정말 무모하다고 생각했습니다. 빌딩 안 전시회장에 엄청나게 큰 유목(流木)과 모래 더미가 있었고, 아주 값비싸 보이는 나뭇가지와 꽃과 잎이 그야말로 흘러넘칠 정도로 곳곳에 정신없이 장식되어 있었습니다.

제 눈에는 한심해 보였습니다. 그러나 경찰의 통제도 없었고, 자연보호단체에서도 전혀 관심이 없는 듯했습니다. 어쨌든 전통과 형식이 있으니 안심하는 겁니다. 불평하는 사람은 하나도 없었습니다. 이런 게 우리 문화라고 생각했습니다.

＊ ＊

미술을 가르치는 학교에서는 아직도 석고 데생을 하고 있습니다.

여전히 브루투스와 밀로의 비너스, 발자크를 가지고 합니다. 아직도 유럽의 고전을 하고 있습니다. 정말 지루하기 짝이 없습니다. 저는 데생을 잘하지 못합니다. 데생을 하려면 꽤 기술이 필요합니다. 구도뿐만 아니라 농담과 질감의 표현, 정착제 사용에 이르기까지 꽤 숙련된 기술이 있어야 합니다.

아이들이 모여서 데생을 하는 풍경은 참으로 기묘합니다. 하지만 어른들이 이걸 마스터해야만 회화의 세계에 들어갈 수 있다고 하기 때문에 모두가 열심히 합니다. 교재도 있고, 가르치는 학원도 있습니다. 물론 강사도 있죠. '이것이 기초이자 전통이다'가 그들의 표어입니다.

이 특수한 기술을 열심히 익혀서 미대에 합격하면 축하해줄 일이지만, 문제는 그다음입니다. 데생 기술은 지금의 세상에서 써먹을 데가 거의 없기 때문입니다. 석고 데생만 죽어라 하다가 그리고 싶은 것이 떠오르지 않는 체질이 되기도 합니다. 참 딱한 노릇입니다. 그러다 결국 석고 데생을 가르치는 강사가 되기도 하죠. 그쪽으로는 아직 전통적인 수요가 있기 때문입니다.

◈ ◈

일본화의 대가도, 서양화의 중진도 개인적으로 인터뷰를 해보면 "그리고 싶은 것을 그려라" "마음 가는 대로 붓을 움직여라"라고 말합니다. 많은 사람들이 그런 말을 하지만, 그래도 아직은 전반적으로 석고 데생을 중시합니다.

제게는 마음 가는 대로(쓸수록 불쾌한 말입니다…) 좋아하는 것을 좋아하는 방식으로 표현 가능한 범위에서 그리는 화가 친구가 많이 있습니다만, 그들은 대부분 석고 데생을 잘하지 못합니다. 저만 못하는 게 아닙니다.

◈ ◈

세상살이의 의리라는 것 때문에 기업이 후원하는 엽서 그림 대회의 심사를 맡은 적이 있습니다. 미대 교수, 서양화가, 취미로 그림을 그리는 여배우, 미술평론가, 그리고 저까지 심사위원은 모두 다섯이었습니다.

우리는 천 점이 넘는 응모작들 중에 각자 다섯 작품씩 추리기로 했습니다. 그 결과, 스물다섯인가 스물여섯 작품이 선택됐습니다. 이것만 하면 끝이라고 생각했는데, 그다음이 문제였습니다. 합평

기본에 충실해야
한다고 할까…

회를 거쳐 가작 열 점, 우수상 세 점, 대상 한 점을 선택해야 했으니까요.

모두가 정말 열심히 했습니다. 그리고 심사위원들이 돌아가며 자신이 선택한 다섯 작품에 대해 선정 이유를 설명하는 시간을 가졌습니다. 미대 교수는 "주로 구도의 정확성, 개성에 기준을 두고…"라고 했고, 여배우는 "정말 그림이란 멋진 예술이에요" 하고 뜻 모를 소리를 했고, 평론가에 이르러서는 "시대가 어쩌고저쩌고…" 하는 바람에 순서가 다가올수록 초조해진 저는 결국 "2만 원 이하면 사겠다 싶은 것을 다섯 점 골랐습니다. 예산은 합계 10만 원입니다"라고 머리에 떠오른 대로 말하고 말았습니다.

순간 회의장에 침묵이 흘렀습니다. 그 후로는 제게 말을 걸어주는 사람이 거의 없었습니다. 외로웠습니다.

❀ ❀

일그러진 듯한 그림을 보면 '피카소 같다'고 말합니다. 어른들이 그렇게 말합니다. 피카소를 별로 본 적 없는 사람들이 그런 말을 합니다. 베토벤 하면 〈운명〉의 자자자잔~을 떠올리듯 말입니다. 물론 어른들이 그렇습니다.

일그러진 풍의 그림은 파블로 피카소의 작품들 중 일부에 지나지 않습니다. 〈운명〉 또한 베토벤의 수많은 작품 중 하나일 뿐입니다. 사실 베토벤은 피아노 소나타, 현악협주곡을 훨씬 많이 썼습니다. 어른들은 흥미도 상상력도 없으면서 아는 척을 합니다. 정말 마음에 들지 않습니다.

아, 내친김에 말해두는데 말이죠, 『누구나 눈다』는 고미 타로의 수많은 작품 중 하나일 뿐입니다. 잘 부탁합니다.

남을 깎아내려서라도
우위를 지키려는 어른들

저는 동물원이 왠지 싫습니다. 그림책 작가인 제가 동물원을 싫어
한다고 하면 사람들은 의아한 표정을 짓습니다. 그래도 저는 동물
원을 좋아하지 않습니다. 동물원은 현재의 문화 현상을 보여주는
그야말로 리트머스 시험지 같습니다.

동물원은 처음에는 런던의 신사숙녀들이 즐기던 볼거리였다고 합
니다. 아프리카 대륙에 웃기는 동물이 산다는 소문이 퍼지면, 돈
을 벌려는 사람들이 목숨을 걸고 붙잡아 왔습니다. 그리고 쇼에

올렸습니다. "신사숙녀 여러분, 사자입니다!" 하면 모두가 와와. 다음은 타조, 다음은 악어. 그러다가 동물'원'을 만들어 모아놓자 큰 인기를 얻으며 모두가 구경을 가게 됐던 것 같습니다. 아니, 틀림없이 그랬을 겁니다. 그랬다면 저도 납득할 수 있습니다. 그렇게 싫지는 않습니다.

❧ ❧

그러나 현대의 동물원은 그렇지 않습니다. 지금은 동물 같은 볼거리를 즐기는 시대가 아니라고 말하면 어떤 사람들은 동물원이 '동물학' 공부에 도움이 되는 곳이라고 말하는데, 그건 구실이라고 생각합니다.

❧ ❧

우리는 동물을 잡아먹기도 하고, 애완동물로 귀여워하기도 합니다. 동물과 인간의 이러한 관계는 아주 오래전부터 이어져왔습니다. 옳다 그르다 할 이야기가 아니라, 사실이 그렇습니다. 다양한 종류의 고기를 파는 대규모 정육점에서는 토끼고기도 팝니다. 그런가 하면 동물원에는 토끼가 살고 있습니다. 잘못이다 아니다를

따질 이야기는 아닙니다.

그런데 이 이야기가 아이들과 연관되면 미화되기 때문에 저는 싫습니다. 예전의 사람들은 동물이 원하지도 않는데 그저 흥미 본위로 동물들을 모았습니다. 물론 많은 돈을 들였겠지요. 조금 떨어져서 냉정하게 생각하면, 동물들에겐 정말 미안한 말이지만, 동물원이란 직접 보면 재미있으니까 가보는 곳일 뿐입니다. '자연과 가까워지기 위해' 또는 '생명의 소중함을 느끼기 위해' 가는 장소가 아닙니다.

♣ ♣

태국 방콕의 뱀 연구소에서 혈청을 만들기 위해 독을 제거한 킹코브라가 시설 여기저기서 쉬고 있는 것을 관광객들이 구경하는 모습을 담은 영상을 보았습니다. 동물원은 이 정도가 좋다고 생각합니다.

♣ ♣

식용으로 쓰는 소나 돼지 등을 방목하는 목장은 정말 훌륭한 동물원입니다. 처음부터 의도가 확실합니다. 거짓이 없습니다.

못된 닭은
닭꼬치가 되고 만단다.

산책하는 길에 우연히 보았는데, 유치원 선생님이 원아들에게 "귀여운 송아지가 있구나" 하고 이야기하고 있었습니다. "그런데 이 송아지가 자라면 어떻게 돼요?" 같은 질문이 나오지 않길 바랄 뿐입니다.

♣ ♣

그림책 '미피' 시리즈의 판매가 프랑스에서 저조하다고, 작가인 딕 브루너가 아쉬워했습니다. 프랑스 사람들은 토끼를 먹기 때문입니다.

♣ ♣

볼쇼이 서커스를 보던 제 딸들이 눈물을 흘렸습니다. 아이들을 기쁘게 해주려고 데리고 갔지만, 저는 아이들이 눈물을 뚝뚝 흘리는 것을 보고 당황했습니다. 하지만 이내 제 아이들이 옳다고 생각하고 저도 울면서 기쁜 마음으로 집에 돌아왔습니다.
동물을 묶어 자전거를 태우고 돌아다니는 서커스를 보며 '가혹하다'고 생각하는 아이의 감성이 옳다고 생각합니다.

✿ ✿

이쪽에는 구운 생선이 있고, 저쪽에는 수조 속에서 금붕어와 송사리가 헤엄치고 있습니다. 아이들은 정말 복잡한 세상에 살고 있습니다. '금붕어도 먹을 수 있을까?'라고 생각하는 것이 정상입니다. '싱싱한 생선'이라는 표현은 이상하고, '죽은 생선'이라는 표현해야 바르다고 말하는 사람이 있습니다. 그 말이 맞습니다. 아니, 좀 더 정확하게 말하면 '죽인 생선'이라고 해야겠죠.
관상용이면서 식용인 물고기, 그리고 '지구에서 함께 살아가는 생명'. 그 구분을 어떻게 해야 할까요? 정말 어려운 문제입니다.

✿ ✿

박물관인가 어딘가에서 미라를 본 남자아이가 얼마 후 식탁에 건어물이 올라오자 물끄러미 보다가 "생선 미라다"라고 했다고 합니다. 정말 맞는 말입니다. 식탁에 어울리는 화제입니다.

✿ ✿

이 세상에는 좋은 풀과 나쁜 풀이 있다는 것을 풀을 벨 때 배우게 됩니다. 뽑아도 되는 풀과 뽑으면 안 되는 풀의 차이를 아이가 알

학명은 Salvelinus Fonlinolis
소금구이에 적격인 송어···

턱이 없습니다. 부지런한 저는 튤립의 싹까지 따버려서 아주 혼이 난 적이 있습니다. 그때 선생님이 제가 딴 튤립 싹을 손에 들고 "…불쌍하구나" 하며 한숨을 쉬었는데, 그때 저는 속으로 '다른 풀도 불쌍한데…'라고 생각했습니다.

❦ ❦

인간은 수많은 모순 속에 살아가지만, 이 모순 가득한 사회는 바로 그런 모순 때문에 재미있기도 한 곳입니다. 동물원은 아이들에게 동물에 대해 깊이 이해할 수 있게 돕는 즐거운 곳이라고 말하는 것을 이제 그만하면 좋겠습니다. '모순 동물원'이라고 이름을 바꿔야 할 것 같습니다. 이미 아이들이 느끼는 대로, 어른들이 바뀌어야 합니다. 만약 단순히 동물에 흥미가 있는 사람은 영상이 발달한 시대이니 찍어놓은 영상을 보면 되고, 눈앞에서 직접 보고 싶은 사람은 아프리카, 아마존, 갈라파고스, 북극, 남극으로 가서 보면 됩니다. 아니, 가서 봐야 한다고 생각합니다.

❦ ❦

개를 키우는 사람을 저는 별로 신뢰하지 않습니다. 개를 귀여워하는 행위 자체를 아주 유치하다고 생각하기 때문입니다. 개 주인에게 개는 동생이나 자식 같은 존재입니다. 주인은 개가 자기가 시킨 대로 하면 기뻐합니다.

의외로 믿을 수 있는 것이, 이구아나 같은 동물을 키우는 사람입니다. 이구아나에겐 반응이란 것이 거의 없습니다. 때문에 기르는 사람도 이구아나가 우리 '집에 있어준다'는 기분을 느끼게 되고, 열심히 파리 같은 것을 잡아다주곤 합니다. 사실 이구아나도 '이런 데 있고 싶지 않다'는 생각으로 가득 차 있을 겁니다. 그렇게 서로의 마음에 다른 생각이 가득 찬 것이 좀 우습습니다. 하지만 일반적으로 개는 '나는 여기서 살고 싶다'는 태도를 보이기 때문에 머리 나쁜 사람들은 곧바로 개와 자신이 '상호 신뢰하는 관계'라고 생각합니다. 그러면서도 목줄을 채우지요. 개가 자기혐오에 빠지지 않을까 싶습니다. 종종 그런 개를 보기도 합니다.

♣ ♣

개를 좋아하는 사람은 대부분 아이를 좋아합니다. 그리고 교육에 열심인 사람들 중에 아이를 좋아하는 사람이 많습니다. 이러한 도식은, 결국 개와 같은 수준으로 아이를 좋아한다는 뜻이 아닐까

그래, 그래,
착하지.

잘했어,
잘했어!

합니다. 이런 사람들은 자기 말을 듣지 않는 아이를 '아이'로 인정하지 않습니다.

◈ ◈

교실에서 염소를 기르면서 당번을 정해 모두가 돌보고 일지까지 쓴다는 이야기를 간혹 듣습니다. 토끼나 닭인 경우도 있습니다. 인어를 기른다는 이야기는 아직까지 들어보지 못했습니다.

물론 나쁜 일은 아닙니다. 하지만 이런 일은 최종적으로 반드시 뭔가 만들어내야 한다고 생각하기 때문에 저는 별로 탐탁지 않습니다. 인간의 언어로 말할 수는 없겠지만, 염소의 속마음이 바로 저와 같지 않을까요. "염소야, 잘했어" "염소야, 고마워" 같은 말을 하는 것도 어디까지나 일방적인 '만들어내기'입니다. 어른이 만들고 아이가 연기하는 '만들어내기'입니다.

◈ ◈

저도 아이를 좋아하지만 유별나게 좋아하지는 않습니다. 그저 사람이 좋은 것뿐입니다. 동물도 아주 좋아합니다. 만일 사고가 나서 죽는다면 어리석은 사람의 차에 치이기보다 곰에게 잡아먹히

네, 염소입니다아~
안녕하세요오~

거나 독개미에게 물리거나 비단뱀에게 목 졸려 죽는 편이 낫다고 생각합니다. 곰이든 독개미든 비단뱀이든, '녀석에게 무슨 사정이 있나 보다' 하며 단념할 수 있을 것 같으니까요.

❀ ❀

사람들 중에도 마음이 잘 맞는 사람이 있습니다. 그 사람이 여자일 때도 있고 남자일 때도 있고 아이나 할아버지, 할머니일 때도 있습니다. 할머니가 특히 좋지는 않습니다. 어쩌다 보니 마음이 잘 맞는 사람이 할머니일 뿐이지요.

❀ ❀

〈죠스〉라는 영화를 보면 저는 언제나 죠스를 응원하게 됩니다. 하지만 할리우드 영화에서 동물은 마지막에 가서는 늘 지는 것으로 그려집니다. 그래서 저는 '호랑이가 사람을 잡아먹었다' 같은 뉴스를 들으면 무척 기분이 좋습니다. 이런 게 자연이라는 기분이 들거든요. 외계인이 지구를 침공해 인간들을 위협하는 SF영화도 마찬가지입니다.

✿ ✿

인간이 똑똑하고 멋지고 훌륭하다는 것을 아이들에게 설명할 때 어른들은 왜 동물을 끌어들일까요? 그렇게 하지 않으면 설명할 수 없는 건지 답답할 때가 많습니다.

예를 들어, 초등학교 교과서에는 이런 글이 아무렇지 않게 실려 있습니다.

"인간은 의사 전달을 위해 언어를 사용합니다. 풀숲에 구덩이가 있으면 인간은 친구에게 '저기 구덩이가 있어'라고 말로 전달할 수 있습니다. 하지만 원숭이는 끽끽대기만 할 뿐 말을 못하기 때문에 친구 원숭이는 구덩이에 빠집니다."

사람은 말을 할 수 있으니까 다행이라는 겁니다. 즉, 동물은 말을 못하니까 바보라는 뜻입니다.

✿ ✿

그릇 하나로 밥을 먹으면 개밥 먹는다고 말합니다. 개는 깔끔하지 못하다고 생각합니다. 먹고 바로 누우면 '소가 된다'는 말도 있습니다. '동물만도 못하다'는 말도 있습니다. 참 잘도 만들어냅니다.

어이, 뱀아~
넌 손도 발도 없구나.

＊ ＊

팬티를 머리에 뒤집어쓰거나 셔츠에 다리를 끼우거나 신발을 귀에 걸치면, 그때마다 아니야~ 아니야~ 하며 팬티는 밑에 입는 것이고, 셔츠는 위에 입는 것이고, 신발은 발에 신는 거라고 고쳐주면서 맞게 입혀 학교에 보낸다는 내용의 그림책이 있습니다. 이 이야기의 주인공은 곰입니다. 여기서 아니야~ 아니야~ 하는 건 사람의 아이입니다. 서커스에서 자전거에 태워지는 곰보다 불쌍합니다. 이런 그림책을 보면 저는 정말 사람이 싫어집니다.

＊ ＊

팬티 입기 싫어하는 아이가 엉덩이를 드러낸 채 밖에 나갔다가 동물 친구들에게 꼬리가 없다고 한바탕 놀림을 받고 결국 팬티를 입는다는 내용의 그림책도 있습니다. 고작 팬티 한 장 때문에 동물들이 총동원돼서 고생입니다. 이 그림책도 곰 그림책과 마찬가지로 '예의범절 그림책' 분야에서 팔리는 책입니다. 저도 잔뜩 그려볼까요?

❦ ❦

그 이면에 어떤 이론과 학설이 있는지는 잘 모르지만 '유아의 기능 교육'이란 것은 놀랄 정도로 심각합니다.

얼마 전, 그와 관련한 TV 프로그램을 보았습니다. 두 종류의 과자를 여덟 개씩 아이 앞에 놓았습니다. 한쪽은 엿, 한쪽은 캐러멜이었습니다.

"히로코, 어느 쪽이 많아?" 어른이 물었습니다.

히로코는 "같아요"라고 대답했습니다.

그런 다음, 캐러멜을 전부 흩트려놓고 "이번에는 어느 쪽이 많아?"라고 물었습니다.

히로코는 "엿"이라고 대답했습니다.

그때 갑자기 화면이 바뀌면서 등장한 사람이 "이것은 구체적 인지의 단계인데요. 아이가 혼란스러워서 잘 이해하지 못하는 겁니다"라며 밑도 끝도 없는 이야기를 했습니다.

히로코가 가여웠습니다. 아무리 봐도 아이 눈에는 엿이 많았던 겁니다. 책상을 차지한 면적이 말입니다. 히로코는 숫자 이야기는 하지도 않았는데, 어른들이 방송에서 멋대로 숫자 이야기를 한 겁니다. 마치 "어린이는 어리석다"고 말하려고 만든 프로그램 같았습니다. "고릴라는 막대기를 들고 두들길 수는 있지만, 그것으로 자기 등을 긁지는 못한다"고 말하는 것과 마찬가지입니다.

✿ ✿

유럽에서 들어온 근대교육의 이념이란 것은 아무래도 동물에서 인간이 되어가기 위한 교육이라는 느낌이 강합니다. ○○단계 식으로 구별하는 것은 이대로 가면 동물일 뿐이니 한 걸음 더 발전하기 위해 어떻게 해야 하는가에 맞춰져 있다고 생각합니다.

하지만 저는 그런 인간성과 동물성의 대립이 인간을 발전시켰다고 생각하지 않습니다. "그러니까 네가 지금도 동물이지"라고 하신다면 어쩔 수 없습니다만, 동물에서 탈출한다는 개념에는 동의할 수 없습니다.

✿ ✿

예를 들어 바닥에 음식을 놓고 먹기보다 그릇에 담아 먹는 것이 편리하다는 생각은 신석기시대 사람들이 했습니다. 물론 신석기시대에도 개가 있었지만, 개들이 그릇에 담아 먹지 않으니까 차별을 두기 위해 그릇을 만들지는 않았을 겁니다. 우리 선조들이 그렇게

이제 슬슬
제3기라고
할 수 있군요.

복잡한 생각을 했을 리는 없습니다. 음식을 제대로 담을 수 있고, 국물이 있는 음식을 흘리지 않고 먹을 수 있는 방법을 찾다가 그릇을 만들었겠죠. 거기서 동물과의 대립 개념은 찾을 수 없습니다.

❀ ❀

많은 사람들이 단순하게 '원시인은 머리가 나쁘다'라고 생각합니다. 그런 영화가 많이 있습니다. 코믹물이 대부분이긴 합니다만. 그래서인지 사람들은 당연히 원시인들이 "우우, 우우" 같은 소리밖에 못 낸다고 생각합니다.

제 생각에는 지금의 우리보다 더 많은 말을 했을 것 같습니다. 언어 구사 수준은 많이 달랐겠지만 그때의 말이 지금보다 더 중요했을지 모릅니다. 오늘날에 와서 오히려 말의 힘이 줄어들었다고 생각합니다.

하지만 현대인은 말뿐만 아니라 모든 면에서 원시인을 과소평가합니다. 그들보다 자신들이 더 훌륭하다고 증명하고 싶기 때문입니다. 현대인은 자기들의 과거까지 차별하고 공격합니다. 정말 답이 없는 사람들입니다.

❀ ❀

돌고래에 열중하는 사람은 아무리 생각해도 돌고래보다 못한 존재 같습니다. 돌고래는 그런 사람과도 잘 어울릴 수 있는 능력과 성질을 타고났다는 뜻입니다.

❀ ❀

동물원에 대해 이런 식으로 생각하는 것은 분명 의미가 있다고 생각합니다. 역사 수정주의가 대두되는 시점에서 말입니다. 극단적인 이야기지만, 이것은 전쟁 책임이나 식민지 문제처럼 뿌리 깊은 문제라고 생각합니다. 그래서 조금이나마 이 동물과 인간이라는 역사적 문제가 수정이 된다면 상당히 많은 문제가 풀리기 시작하지 않을까 하는 기대를 하고 있습니다.

늘 안절부절
세상눈을 의식하는 어른들

10여 년 전에는 지금과 달리 다양한 사람들이 있었습니다. 집에서 술만 마시는 어머니도 있었고, 머리가 좀 이상한 아저씨도 있었고, 아이들도 다양해서 그때가 훨씬 재미있었다고 말하는 사람들도 있습니다.

하지만 지금은 모두가 사회적으로 평균적인 범주에 들기 위해 급급한 것 같습니다. '평균 지옥'의 느낌입니다. '골든 위크에 가족이 함께 놀러 가지 않는 집은 이상하다'라든가 '1년에 한 번쯤은 해외여행을 해야 한다'라든가 '학교에 다니지 않는 건 비정상이다' 같은 정말 이상한 기준이 통용되고 있습니다. 그러나 누가 그런 기준을 정했냐고 물으면 대답하지 못합니다. 그리고 정부도 쓸데없이 국민 평균 저축액이라든가 연평균 수입 같은 것을 공식적으로 발표합니다. 그 결과 조금 다른 사람, 평범하지 않은 사람들이 생기게 됩니다.

❀ ❀

서른 넘도록 결혼하지 않은 여자에겐 여자는 이십대에 결혼해야 한다는 통념을 들이대며 이상하다고 말합니다. 낮에 집에서 노는 남자에겐 남자는 낮에 일을 해야 한다는 통념을 들이대며 한심하다고 말합니다. 학교에 가지 않는 아이에게도 역시 그런 식의 말로 압박을 줍니다. 그래서 모두가 그런 말을 듣지 않으려고 노력합니다.

❀ ❀

'누구에게나 저마다의 사정이 있다'는 것을 이만큼 무시하는 사회도 드물 겁니다. 그리고 사람들 각각의 사정을 사회의 사정에 즉각 대입하는 사람들이 이만큼이나 많은 사회도 드물 겁니다.

✿ ✿

장기나 체스에서도 왕은 왕, 마는 마, 이런 식으로 말의 역할이 정해져 있습니다. 이 나라에는 그와 같은 것이 이루어지는 사회가 좋은 사회라는 인식이 아주 오래전부터 있어왔습니다.

마는 마의 위치에서 해야 마땅한 행동을 합니다. 남편은 밖에서 일을 하고, 아내는 집에서 살림을 하고, 아이는 미래를 위해 공부를 해야 합니다. 1번 타자에겐 1번 타자로서의 역할이 있고, 2번 타자에겐 2번 타자로서의 역할이 있으며, 클린업 타자에겐 클린업 타자로서의 역할이 있다는 식의 가치관이 모두에게 뿌리 깊게 박혀 있습니다.

✿ ✿

장기든 야구든, 전체적인 배치를 내려다보는 '눈'이 있습니다. 바로 '남의 눈'이라는 것입니다. 즉, 남들이 지켜본다는 말입니다.

남들 눈에 벗어나지 않기 위해 하고 싶은 일이 아니라 해야 하는 일을 하는 것이 우리 인생입니다.

✿ ✿

왜 이 나라에서 벤츠가 그렇게 인기가 있는지 독일의 본사에서
는 잘 몰랐다고 합니다. 그래서 국내 대리점 판매원에게 물었더니
"간단합니다. 가까운 이웃이 벤츠를 사면 '나도 벤츠' 하니까요"라
고 대답하더랍니다. 결국 벤츠가 사회적 지위를 나타내준다는 단
순한 이유 때문이었습니다. 여기서는 '남의 눈'보다 한 단계 아래
인 '체면'의 지배를 받고 있습니다.

✿ ✿

'남의 눈'과 '체면'보다 더 아래는 '일반적'이라는 것입니다. 예를
들면, 부도칸(도쿄에 있는 대규모 무도 경기장:옮긴이)을 빌려 결혼식
을 하려는 사람은 찾아보기 어렵습니다. 일반적으로 ○○홀, ○○
회관, ○○기념관 같은 데를 구합니다. 그러나 일반적으로 하면서
도 되도록 튀고 싶어 하는 정신 구조를 가진 사람들이 있습니다.
그들은 일반적으로 하면서도 튀고 싶어 하는 사람들의 예약이 밀
려드는 하와이의 교회 같은 곳을 찾습니다.
그렇게 이유도 알 수 없는 것들에 휘둘리는 어른들과 아이들이 사
는 이상한 나라입니다.

✤ ✤

"남들에게 면목이 없다" "남들이 웃는다" 같은 말로 자신을 규제하는 자기관리법 같은 건 대체 어디서 생긴 걸까요. "세상이 용서하지 않을 거다" "세상이 비웃을 일은 하지 마라" 같은 말로 아이를 관리하는 법은 또 대체 어디서 생긴 걸까요.

✤ ✤

왠지 이런 대사는 의협 영화에서 익숙하게 들었던 것 같습니다. 방탕한 세계에 몸담은 사람이 처음으로 남의 눈을 의식하게 되는 장면에 이런 대사가 나옴직 합니다. 하지만 아이들은 조직폭력배가 아닙니다. 방탕하지도 않습니다. 애초에 남들 이목을 신경 쓰며 살지도 않습니다.

✤ ✤

어른들은 아이들에게 인의(仁義)를 요구합니다. 그래야 어른들의 세계에 끼워줄 수 있다고 생각하는 듯합니다. 아이들을 부하로 여기는지도 모른다는 생각도 듭니다. 가정도 학교도 다 작은 조직이고, 부모는 보스, 아이는 부하, 교장선생님은 조장, 선생님은 형

남들에게
면목이 없습니다···

이라는 식으로 조직폭력배 같은 서열을 매기고 있는 건 아닌지요.
조직에서 쫓겨난 사람은 노숙자가 됩니다.

학교가 교육부를 원점으로 한 광역 ○○조직의 하나처럼 눈에 그
려집니다.

* *

"남의 웃음거리가 돼본 적 있습니까?"라고 질문한 적이 있었습니
다. 대학 축제 때 강연을 하러 가서 있었던 일입니다. 젊은이들은
모두 그런 적 없었다고 대답했고, 부모님에게 "남의 웃음거리가
되어서는 안 된다"는 말을 들으며 자랐다고 했습니다.

* *

부모가 안심하고 기뻐하는 얼굴이 보고 싶어서 결혼했다는 황당
한 소리를 하는 사람을 종종 만납니다. 그래서 배우자가 어떤 사
람이었냐고 물으면, 잘 모르고 결혼했다고 대답하는 사람이 많습
니다. 좋은 사람 같기는 했지만… 하면서 말입니다. 그러나 이런
대답을 하는 것부터가 이미 문제라고 생각합니다. 바보 같습니다.
차라리 보스가 기뻐하는 얼굴이 보고 싶어서 총을 맞았다는 부하

가 같은 바보라도 문제는 적어 보입니다. 문제 자체가 단순하기 때문입니다.

♣ ♣

상사에게 야단맞았다, 사장에게 칭찬받았다 같은 말을 보통의 어른들이 아무렇지도 않게 하는 사회입니다. 보너스, 포상금 제도의 나라이기도 합니다.

♣ ♣

이런 말을 하거나 듣는 게 부끄러워서… 이런 사람이 꽤 많아서 강연 후반 질의응답 시간에는 좀처럼 분위기가 살아나지 않습니다. 사람들 앞에 나서길 꺼리기 때문입니다. 그런데 로비에서 마주치거나 사인회에서 잠깐 개인적으로 만나보면 모두가 아주 말을 잘합니다. 꽤 중요한 이야기도 합니다.

왜 아까 모두가 있는 앞에서 이야기해주지 않았는지 아쉬울 때가 종종 있습니다.

일반적인 게
좋은 겁니다.

♣ ♣

"사사로운 일로 죄송합니다…"라든가 "별것 아닌 일입니다만…"
같은 전제를 일상적으로 사용합니다. 그래서 사사로운 일과 별것
아닌 일이 흘러넘치는 것 같은 사회입니다. "사사로운 일로 죄송
합니다" 같은 전제를 두어도 괜찮은 것은 소설입니다. 에세이에도
이런 이야기가 자주 나옵니다. 별것도 아닌 이야기로 뭉뚱그려진
평론을 실제로 자주 봅니다.

♣ ♣

"우리 아이는 ○○한데, 그래도 괜찮을까요?" 같은 질문을 자주
받습니다. '○○한데'에는 집에만 있으면서 전혀 밖에 나가지 않는
다든가, 전혀 공부를 하지 않는다든가, 이성에 대한 관심이 지나
치다든가 혹은 너무 없다든가 같은 것들이 들어갑니다.
문제는 그 '○○한데'보다 '그래도 괜찮을까요?'에 있습니다. 무엇
이, 무엇에 대해, 어떤 식으로 괜찮을지를 묻는 건지 정말 알 수
없습니다.

❀ ❀

"우리 애는 걸핏하면 양말을 벗어 던지는데, 그래도 괜찮을까요?"

"우리 딸은 틈만 나면 거울을 보는데, 그래도 괜찮을까요?"

"우리 남편은 아이들과 거의 대화를 하지 않는데, 그래도 괜찮을까요?"

"우리 할머니는 불경만 읽는데, 그래도 괜찮을까요?"

"우리 아이는 고미 타로 그림책밖에 보지 않는데, 그래도 괜찮을까요?"

"전 불안하고 초조하면 돌아다니며 불을 지르는데, 그래도 괜찮을까요?"

이중에서 그래도 괜찮지 않다고 확실히 대답할 수 있는 건 마지막 질문뿐입니다.

❀ ❀

허락을 구하는 질문들입니다. 허락이 필요하다고 생각하는 겁니다. 즉 기본적으로 금지된 것들은 이렇게 많고, 해도 되는 일은 몇 가지 안 됩니다. 그래서 자기가 하는 일이 해도 되는 일인지, 하지 말아야 하는 일인지 걱정하는 겁니다.

❀ ❀

허락을 받으면 안심합니다. 허락을 얻으면 떳떳해집니다. 휴일이
나 공휴일은 허락받은 휴일이니까 떳떳하게 쉬지만, 다른 날은 아
무리 아파도 쉽게 쉬지 못합니다. 그러나 의사가 진단서라도 써주
면 마음놓고 쉴 수 있습니다. 병에 걸리면 안심하고 쉴 수 있기 때
문에 오히려 병이 낫지 않길 바라기도 합니다. 이것들은 전부 권
위자의 허락과 관련이 있습니다.

❀ ❀

간경변증은 현대의 의술로는 완치가 불가능하기 때문에 난치병으
로 지정되어 있습니다. 그렇기 때문에 난치병 수당이 지급됩니다.
그리고 간 기능이 저하돼 평소보다 영양가 높은 음식을 먹어야 하
기 때문에 난치병 수당으로 좋은 음식만 먹는 사람도 있습니다.
정말 흔들림 없는 호화롭고 안정된 인생입니다.

❀ ❀

부부의 이별도 허락을 받아야 하는 경우가 종종 있습니다. 자기가
생각하고 자기가 결정하면 그만인 일인데도 말이죠.

❀ ❀

남편의 허락을 얻고 일을 하고 있다는 여성들을 종종 만나게 됩니다. 남편이 마치 노동청 감독 같습니다.

❀ ❀

무허가 탁아소와 무허가 보육원이 있습니다. 문자 그대로 간단하게 말하면, 무법천지의 암흑가 뒷골목 같은 인상을 줍니다. 하지만 그곳들 대부분은 무척 양심적으로 운영되고 있습니다. 부모의 실제 요구를 알고, 그 요구대로 하려고 노력합니다. 그러나 운영하기가 매우 힘이 듭니다. 무허가라서 관계 기관으로부터 보조금이나 장려금을 받을 수 없기 때문입니다.

❀ ❀

달리 말하면, 허가받고 인가받은 시설들은 지방자치단체의 보조금, 장려금을 확실하게 받는다는 이야기입니다. 인가나 허가를 받으려면 기준에 맞아야 합니다. 보모 수, 책상과 의자, 칠판, 책장, 로커 등의 설비, 놀이기구와 교원의 자격, 수도 시설과 변기 개수까지 아주 세세하게 정해져 있습니다. 보건복지부에서 정한다고 합니다. 그 결과 거의 모든 시설이 다 비슷해졌습니다.

＊＊

창조성과 개성과 감성이 부족한 곳일수록 아이들의 창조성과 개성과 감성을 중요시하는 교육을 한다는 홍보 문구를 붙여놓습니다. 유치원 안내 책자를 보면 확실히 알 수 있습니다.

＊＊

사람들이 허가와 인가에 급급하기 때문에, 가능하면 자신이 이것을 내주는 위치에 있고 싶다고 생각하는 사람들이 있습니다. 그래서 어쩌다 그 위치에 가게 되면 지위의 이점을 최대한 누리려고 합니다. 즐기는 겁니다. 작은 식당 시설을 엄격하게 체크하는 보건소 직원, 개조한 차량 검사에 필요 이상의 시간을 들이는 교통과 공무원 등 현실에서 그런 사람들을 종종 봅니다.

＊＊

대수롭지 않은 서류상의 문제로 처음부터 고쳐야 하거나 다시 써야 했던 경험이 누구에게나 있을 겁니다. 하지만 사람들은 별로

화를 내지 않습니다. 저는 곧바로 화를 내는 타입인데, 그러면 일
이 더 꼬이고 맙니다.

쓸데없이 이것저것
가르치는 어른들

‘예의범절’이라는 말을 정확하게 해석하면 ‘사회인화한다’는 의미
입니다.

그런데 아기들은 먹는 법을 가르치지 않아도 젖을 빨고, 어느새
자라 컵을 사용합니다. 어른이 되어서까지 대소변을 못 가리는 사
람은 없습니다. 만약 있다면, 그건 다른 문제 때문입니다. 이 모든
것이 자연스럽게 이루어지고, 여기에 즐겁고 부드럽게 ‘손을 댄다’
는 정도의 관여만으로도 충분합니다.

예의범절 교육이란 본래 필요 없는 일입니다.

＊ ＊

글자의 경우에는 어느새 읽고 쓰고 하게 됩니다. 처음에는 엉뚱하게 그리지만 남들이 쓰는 걸 보고 흉내 내면서 곧 제대로 쓸 수 있게 됩니다. 모르는 글자가 나오면 '읽고 싶다'는 욕구를 당연히 갖게 되는 단계가 옵니다. 그것은 그 아이에게 '이 글자는 내가 모르는 글자다'라는 자각 능력이 갖춰진 후에라야 가능한 일입니다. 그 능력은 누가 만들어줄 수 없습니다.
본인에게 그럴 마음이 없는데 학습, 학습 하면서 능력을 길러주려고 해봤자 소용없습니다.

＊ ＊

배우고 싶은 마음이 들기도 전부터 학습, 학습 하면서 능력을 향상시키려고 해봤자 소용없는 일입니다. 당사자는 불편함을 느끼지 않기 때문입니다. 아기가 '빨리 딱딱한 것을 씹고 싶다'고 생각할 리 없고, 초등학생이 '빨리 미적분을 하고 싶다'고 안달할 리 없습니다. '준비가 되어 있지 않다' '할 마음이 없다'가 죄라면, 이가 나지 않는 것도 아기의 죄입니다.

＊＊

아이들은 내버려두어도 잘 자라고, 단계적으로 조금씩 발전해갑니다. 인간이라는 생명체는 원래 그렇게 태어났습니다. 그런데 이 사실을 도저히 믿을 수 없다고 하신다면, 이번 기회에 아이를 상대하는 것을 포기하고 개나 물개에게 예절을 가르쳐보는 것이 어떻겠습니까. 그런대로 효과가 있을 것이고, 만약 효과가 없다 하더라도 업자에게 돌려보내면 그만이니까요.
지금 유행하는 조기교육은 완전히 그런 느낌입니다.

＊＊

뇌장애에 의한 선천적인 자폐증은 별도로 하고, 이른바 자폐 경향을 보이는 대부분의 경우가 '어른이 만든 병'이라는 것이 최근 밝혀지고 있습니다. 자폐 경향이 있는 아이들 대부분은 IQ가 높다고 합니다. IQ가 높다는 건 쉽게 말하면 여러 가지 일을 금방 이해한다는 것이고, 그렇기 때문에 취향이 확실하고, 좋고 싫음이 명확합니다. 그러한 경향은 신생아는 물론 태아 때부터 나타난다고 합니다. 태아에게도 취향이라는 것이 있다는 소리입니다. 그렇기 때문에 엄마의 몸에서 이상한 진동이 느껴지거나, 부모가 다투거나, 뭔가 좋지 않은 기운이 전달되면 태아는 단단히 몸을 웅크리는 등 변화를 보인다고 합니다. 정말 안타깝습니다.

❦ ❦

'태교에 모차르트가 좋다' 같은 엉터리 육아잡지 기사를 덮어놓고 믿는 엄마들이 하루 종일 CD를 틀어놓곤 합니다. 모차르트 음악의 리듬과 멜로디가 아기 취향에 맞으면 천만다행이지만, 아기가 싫어할 수도 있고, 무엇보다 엄마부터가 그런 취향이 아니라면 엄마도 괴로울 수 있습니다. 그러나 태아든 아기든 직접 음악을 바꾸지 못할뿐더러 볼륨을 줄여달라고 할 수도 없기 때문에 보채는 수밖에 없습니다. 어떤 엄마는 아이가 보채는 이유를 알지 못하고 오히려 볼륨을 키우기도 합니다. 모차르트 음악이 잘 들리지 않아 보채나 해서 말입니다.

❦ ❦

듣고 싶지 않아서 보채는데 그 신호가 통하지 않으면 아이는 어떻

우리 애는
절대
그럴 리가...

게 할까요? 귀를 틀어막는 수밖에 없습니다. 하지만 손을 써서 귀를 막지는 못하기 때문에(이 점이 무섭습니다만) 귀 안의 청각신경을 닫아버리거나 고막의 진동을 멈추게 한다고 합니다. 이에 관해서는 아직 세세히 밝혀지지 않았다지만, 어쨌든 감각 기능을 닫아버린다고 합니다. 확실히 그 수밖에는 없어 보입니다. 일단 그런 버릇이 들면, 외부의 모든 자극을 거부하게 되고, 극단적인 이야기이긴 하지만 영양분의 섭취마저 거부하게 된다고 합니다. 외부에 대해 닫을 뿐만 아니라 자기 자신에 대해서도 닫아버리기 때문에 먹지도 않는 아이가 되는 겁니다. 말도 하지 않고 먹지도 않습니다. 이것들이 상승 작용을 일으켜 생명체 그 자체의 특질이 되고, 결국은 뇌장애가 없는데 후천적으로 자폐 경향을 가진 아이가 되는 것입니다.

이런 아이는 일단 부모에게서 떨어뜨려놔야 호전된다는 연구 결과가 있습니다. 부모가 만든 병이 틀림없습니다.

＊＊

학습이 의문에서부터 시작되는 것이라는 말이 나오자, 이번에는 의문을 가지라고 성화를 부립니다. 이 또한 쓸데없는 교육입니다.

숲에 가서 장수풍뎅이를 찾아보자, 바다에 가서 파도가 어디서부터 시작되는지 알아보자, 하늘은 왜 파랄까, 무지개는 어떻게 생길까 하면서 말입니다. 그런 것들은 다 함께 가서 억지로 생각한다고 될 일이 아니며, 단체로 생기는 의문도 아닙니다.

의문을 품고 학습하면서 답을 찾아내는 것, 즉 진실을 추구하는 일에 대해 어른들은 아주 쉽게 말합니다. 그러나 그런 말만 하면서 빈둥거리다가 일단 배우고 있다는 식으로 적당히 얼버무리며 살아가기 일쑤고, 그러다가 가장 중요하게 생각해야 할 일에 대해서는 이미 완전히 지쳐 떨어져 주춤거리며 살아가는 존재가 지금 세상의 어른들입니다.

지진이 일어나면 다른 일보다 구조가 최우선인데도 어른들은 절차를 밟으려고 회의를 소집합니다. 진지하게 회의를 합니다. 의문, 학습, 해답의 스타일을 고수하면서요. '긴급 출동에 관한 전문가 회의'랍시고 말입니다.

❦ ❦

너무 이른 학습은 단순히 소용없는 일일 뿐만 아니라 오히려 해가 되기도 합니다. 사람에겐 '이게 뭐지?'라고 생각할 권리가 있습니다. 물론 의무는 아닙니다. 깜짝 놀랄 권리, 두근거릴 권리, 재미있어할 권리. 그런 권리를 아무것도 누릴 수 없는 상태인 아이에게 암술과 수술이 어쩌니 지구는 둥그니 어쩌니 하는 건 가르치지 않으면 좋겠습니다. "재미있지?" "놀랍지?" 같은 말을 쉽게 하지 않으면 좋겠습니다. '배우고 싶지 않은 건 배우지 않아도 될 권리'가 법이 정한 바에 따라 모든 국민에게 주어지면 좋겠습니다. 그러면 정말 좋겠습니다.

❀ ❀

'고래는 어류가 아니라 포유동물이다'같이 사실을 단정하는 교육은 방식상 문제가 있습니다. 굳이 말하겠다면 "고래는 동물 분류상 포유동물로 분류됩니다"라고 정중하게 말해야 합니다. 그러지 않으면 아이가 "고래는 커다란 물고기야"라고 말했을 때 아는 척하는 형이 나서서 "바보야, 고래는 물고기가 아냐" 하다가 싸움이 날 수도 있습니다.

"엄마, 얘가 고래를 물고기래."

"엄마, 고래는 물고기 맞죠?"

두 아이가 편들어달라며 조르면 엄마는 동생의 머리를 쓰다듬으

와,
신기하다···

어째서
이렇게 되는 거지?

면서 형에게 "얘도 곧 알게 될 거야…" 합니다. 이런 식으로 대응하기 때문에 아이는 점점 혼란에 빠집니다.

✿ ✿

선생님은 산수 수업을 시작하기 전에 "여러분, 덧셈 배우고 싶어요?"라고 물어볼 필요가 있습니다. 아이가 잘 이해하지 못하면, "그건 이러이러한 거야. 자, 다음으로 넘어가도 될까?" 정도의 예의를 갖춰야 한다고 생각합니다. 갑자기 "3+8=11이야" 한 다음 생물 수업으로 넘어가서 "배 속에는 대장이 있고 소장이 있고…" 합니다. 이런 것들을 모른다고 사는 데 문제가 있는 것도 아닌데, 마치 모르면 안 되는 것처럼 제시되는 덧셈, 대장, 소장은 정말 아이들을 괴롭힙니다. 알고 싶으면 배우면 되고, 배워도 모를 때는 나중에 알고 싶을 때 스스로 공부하면 그만입니다. 그러나 이런 일은 지금처럼 '일단 뭐든 주입부터 하는' 교육 방식 아래서는 좀처럼 기대할 수 없습니다.

✿ ✿

아이가 쓰고 싶은 마음이 없는데 작문이나 감상문을 쓰게 하는 것

또한 무례한 일입니다. 소풍이든 학예회든 그날의 감상을 글로 남기는 아이는 남다른 아이입니다. 비가 내릴 때 수첩을 꺼내 한 구절 적는다면 꽤 특이한 아이입니다. 그러나 모든 아이가 다 그런다면, 그건 이상한 일입니다.

운동회나 소풍에 대한 감상을 어떤 아이는 글로, 어떤 아이는 그림으로 남기는 것이 바로 개성입니다. 많이 즐거웠기 때문에 싹 잊어버리고 '자, 이제 다음으로' 하는 타입의 아이도 있습니다. 아니, 이런 아이들이 꽤 많습니다. 하지만 이런 아이나 저런 아이나 결국에는 작문을 해야만 합니다. 억지로 "어제 운동회 때 나는 달리기에서 3등 했다. 내년에는 더 열심히 해야겠다" "케이블카를 타고 올라가는데 정말 재밌었다" 같은 글을 씁니다. 아무리 생각해도 쓸 이야기가 떠오르지 않아 괴로워하면 선생님은 "뭔가 있을 거야, 뭔가. 잘 생각해보렴" 하고 말합니다. 어쩔 수 없이 억지로 쓰기를 대여섯 번 하다 보면 '글 쓰는 건 귀찮은 일'이라는 생각이 들기 마련입니다. 과제도서 감상문을 쓰다 보면 어떤 아이든 '읽는 것도, 쓰는 것도 다 귀찮은 일'이라고 생각하게 됩니다. 안타까운 일입니다.

좋았던 일,
마음에
떠오르는 것을
솔직하게
써보는 거예요~

♣ ♣

어른들은 감동을 좋아합니다. 비교적 감동이 적은 인생을 사는 어른들이 특히 감동을 좋아하는 것 같습니다. 그리고 이런 사람들은 자식에게 감동을 주는 것을 좋아합니다. 그러나 이 경우의 '감동'이란 다분히 유형적입니다. 열심히 해서 목표를 달성했다, 참고 견뎠다 같은 것이죠. '후한 인정'이라든가 '정의감' 같은 것도 있기는 합니다. 그들은 그냥 '열심히'가 아니라 '매우 열심히'라고 쓰는 사람들입니다.

♣ ♣

그러나 '감동'도 어느 정도 인생을 겪고 나면 그렇게 유형적으로 다룰 수 있는 게 아니라는 것을 이내 알게 됩니다. 언제 어디서 어떤 형태로 다가올지 전혀 예측할 수 없는 것이 바로 감동입니다. 게다가 좋고 나쁨에 상관없이 저절로 감동하게 되는 것이지 "자, 감동합시다!" 한다고 되는 게 아닙니다.

하지만 현실은 처음부터 감동을 유도하는 것이 목적인 불쾌한 의도로 넘치고 있습니다. "자, 감동합시다!"라고 아무렇지도 않게 부추깁니다. 고교야구도, 올림픽도 다 그렇습니다. 감동의 상품화입니다. 책도, 연극도, 영화도 "감동의 물결이 밀려온다…" "당신에게도 이 감동을!" 같은 홍보 문구로 포장되어 있습니다. 감동의 세일. 그 시작의 언저리에 유형적인 감동을 쉽게 기대하는 어른들의 주변 문화가 있습니다.

❀ ❀

그야말로 감동의 물결이 밀려온다는 『우동 한 그릇』이라는 소설이 있습니다. 실화라고 합니다. 부모자식간인지 형제간인지 모르겠지만 아무튼 세 사람이 우동집에 갔습니다. 돈이 너무 없었던 그들은 우동 한 그릇을 시켜 나눠 먹으려 했습니다. 그 사정을 눈치챈 주인이 우동을 듬뿍 넣어서 냈다는 이야기로, 인정물(人情物)입니다. 부모자식간의 사랑인지 형제간의 사랑인지 혹은 가게 주인의 인정인지 모르겠지만, 서로 의지하는 그 사랑 앞에서 우동 한 그릇을 주문하면서 세 사람이 자리를 차지하고 앉았다는 데 대한 시비 따위는 온데간데없습니다. 감동을 위해서라면 무례해도 상관없다는 식입니다.

아이들에게 감동을!

❦ ❦

어른들은 아이들에게 왠지 졸업생 선배같이 굽니다. 평론가처럼 구는 사람도 있습니다. 그런데 그런 사람이 하지 말아야 할 것이 바로 '성교육'입니다. 그런 사람이 말하면 아주 기묘해지기 때문입니다. 이야기를 듣는 아이들은 사실 그 필요성을 잘 모릅니다. 이야기를 꺼낸 사람은 졸업한 지 오래인 평론가이기 때문에 현실감이 희박합니다. 그렇기 때문에 "서로의 인격을 존중하고 사랑하면서…" 같은 진부한 이야기나 해댑니다. "선생님, 실제로 해보시니 어떤가요?" 같은 질문이라도 받으면 "그건 접어두고, 아무튼 일반론적으로…" 하면서 또 자기가 하려는 이야기만 합니다.

"서로 인격을 존중하고 사랑하면서…" 같은 말은 이 시점에서 뒤늦게 나오기엔 적당한 말이 아닙니다. 처음부터 이 아이들을 무시했으니까요.

❦ ❦

일반론적, 평론적인 성교육은 무엇보다 현실감이 없기 때문에 당연히 아이들에게 받아들여지기 어렵습니다. 거기서 어른은 할 수 없이 다음의 단계로 나아갈 수밖에 없습니다. 핵심에 접근해야 하는 것입니다. 그래서 갑자기 성행위 교육이 시작됩니다. 일단 현실감 있게 한다는 각오로 임합니다. 하지만 고작해야 동화에나 나옴직 한 일러스트나 인형 따위를 사용하며, 현실적인 표현에 가장 알맞은 수단이라 할 사진은 절대 사용하지 않습니다. 그러한 목적으로 만들어진 사진과 포르노그래피의 차이를 어른 자신이 명확히 알지 못하기 때문에 사용하지 못합니다. 큰맘 먹고 꺼내는 현실의 것이라 해봐야 기껏 콘돔입니다.

＊ ＊

연속성 있게 구체적으로 생각해보면 잘 알 수 있습니다. 어떤 사람과 어떤 장소에서 눈이 마주친 순간 뭔가 두둥~ 하면서 '별로다' 또는 '마음에 든다' 같은 감정을 느낍니다. 어두운 곳에서 손을 잡고, 함께 카페에 가서 이야기를 나누고, 돌아가는 길에 갑자기 "당신이 좋다"고 고백하기도 합니다. 이런 단계를 아이들에게 설명하기란 쉽지 않습니다. 연애라는 것, 그 이유를 알 수 없는 감정을 어떻게 전달하면 좋을까요. 그러고는 세 번쯤 더 만나고 이제 괜찮겠다 싶어 후다닥 해치웠다 같은 것을 아이들에게 교육으로 전달할 수 있겠습니까?

올바른 연애란 중매를 통한 연애라고 말하면 좋을까요. 하지만 그런 연애에도 최후의 후다닥 해치우는 순간이 있고, 그건 설명할 수가 없습니다. 그럴 때 상대가 때리거나 할퀴거나 하면서 "하지 마요. 이런 거 싫어요" 한다든가 "결혼한 다음에 해요" 한다든가 하는 걸 말입니다. 이런 바보 같은 짓을 일일이 고생하며 하고, 그렇게 살아온 어른이 대체 무슨 성교육을 할 수 있단 말입니까.

❀ ❀

원래 '아는' 인간이 '모르는' 인간에게 가르친다는 지금의 교육 구조가 완전히 잘못됐다고 생각합니다. 예를 들어 문학을 해온 사람이 "나는 이제 문학을 안다", 그림을 그려온 사람이 "그림을 안다"고 말한다면 이제 그 사람은 끝난 겁니다.

'알고 싶은' 아이가 '알고 있을 것 같은' 어른에게 묻는 구조가 최선이라고 생각합니다. 그렇게 된다면 성교육도 어떤 식으로든 될 것 같습니다.

예를 들어 그 여자아이를 보면 가슴이 두근거린다, 남자아이가 옆을 지나가기만 해도 가슴이 두근거린다, 이게 무슨 감정일까 혼란스럽다, 하루 종일 그 아이 생각만 하게 된다 같은 감정을 갖는 아이가 있다 합시다. 그래서 아이가 견디다 못해 어른에게 물었는데 "나도 예전에 그런 경험을 했었지"라고 해준다면, 이 한마디로 아이는 조금 앞으로 나아갈 수 있습니다. 이유를 알 수 없는 괴로움이나 묘한 감정이 다른 사람에게도 있는 일반적인 감정임을 아는 것은 참으로 다행스러운 일이니까요.

이 아이는 마음은 물론 몸도 어딘가 답답하고 개운하지 않다고 의식하고 있습니다. '알고 싶다'고 생각합니다. 바로 그 배우고 싶고 알고 싶은 아이의 필연이 있어야만 비로소 '교육'이라는 것이 현상으로서 성립합니다.

그때 가장 필요한 존재는 '아는 사람'이 아니라 현재 그런 사람, 즉 지금도 '알려고 하는 사람'입니다. '인생, 그 근방 어디쯤이 문제구나' 하면서 세대를 뛰어넘어 문제를 공유할 수 있는 사람, 아직도 뭔가를 알려고 하는 사람, 음악을 하거나 그림을 그리거나 문학을 하는 사람, 이렇게 인생을 만들어가고 있는 사람이 배우고 싶어하는 아이에게 바로 교재입니다. 언제나 '좋은 교재'만 필요한 건 아닙니다.

나는 과감하게
해보겠어!!

저는 아이를 '신인', '루키'라는 단어로 표현하는 것이 좋습니다. 신인, 루키인 아이들을 보고 있으면 즐거워집니다. '이 녀석은 커서 뭐가 될까?' 하는 즐거운 기대, 혹은 '언제 어떻게 변할까' 하는 유쾌한 긴장감을 느낍니다. 물론 저도 그런 아이였을 겁니다. 아이에 대해 그렇게 생각하고, 받아들이고, 대하는 자세가 이 사회에는 너무도 부족합니다.

새로운 루키는 계속 태어나고 할아버지 할머니는 점점 떠나가는 자연의 흐름이 부드럽게 흘러가야 합니다. 중요한 건 그 흐름을 방해하지 않는 것뿐입니다.

공부가 부족한 어른들

수나 양이나 순서의 개념을 이해하기 위한 접근 방식은 그야말로
개개인의 감성에 따라 다릅니다. 양의 개념을 아주 쉽게 이해하는
아이도 있고, 기하학적 접근 방식이 쉽게 이해되는 아이도 있습니
다. 곱셈을 할 때 바둑판 눈금의 가로 곱하기 세로 면적을 구한다
고 접근하면 아주 쉽다는 아이도 있고, 바둑판 눈금만 떠올려도
멍해지는 아이도 있습니다. '2×4'보다 '2+2+2+2'가 쉽다는 아이
도 있는데, 이것은 습관이나 마찬가지입니다.

'체형 교정'의 세계에서는 몸의 습관, 즉 체벽(體癖)이라는 것을 중
시합니다. 버릇 그 자체가 개성입니다. 학습법에도 그런 시각이

필요하다고 생각합니다.

✿ ✿

곱셈보다 나눗셈을 먼저 하는 편이 쉽다는 아이도 있습니다. 이 아이는 케이크 따위를 방사형으로 여덟 조각 내지 열두 조각으로 나눠놓곤 하는데, 구분을 좋아하는 아이 같습니다. 하나씩 더해나 가는 것을 잘하는 아이는 컵케이크 쪽이 더 이해하기 쉽겠다는 생 각이 드는군요.

수 개념에 관한 미국 그림책에 컵케이크가 사람 수보다 하나 부족 한데 어떻게 하면 좋은가 하는 내용이 있었습니다. 이 책에서는 알레르기가 있는 주인공 여자아이가 포기하는 바람에 모두에게 하나씩 돌아갔습니다.

산수에 갑자기 알레르기가 나왔다는 점이 신선합니다. 이런 책으 로 가르치면 산수 알레르기는 꽤 줄어들 것 같습니다.

✿ ✿

게임을 할 때 유독 계산이 무척 빠른 아이가 있습니다. 녀석의 머 릿속이 대체 어떻게 되어 있나 감탄할 정도로 재빠릅니다. 하지만 다른 상황에서는 누구보다 느립니다. 이 아이의 빠른 셈에 중요한 건 돈이라는 요소임이 확실합니다.

❦ ❦

과목별로 강화해서 각각의 교육에서 효율을 이끌어내려는 의도를 이해하지 못하는 것은 아니지만, 지금으로서는 그런 방법이 아이들에게 잘 먹히는 것 같지 않습니다. 아직도 '마사오가 귤을 일곱 개, 아키코가 다섯 개 먹었습니다. 전부 몇 개 먹었을까요?' 같은 문제가 있습니다. 물론 덧셈 문제입니다. 그런데 마사오, 아키코 라는 이름이 최근 별로 흔하지 않다는 건 제쳐두더라도, 귤을 혼자 일곱 개나 먹네? 하게 됩니다. 처음 문제를 읽을 때부터 신경이 쓰입니다. 그래도 어쨌든 산수입니다. 7+5 이외에 다른 데 신경이 분산되는 건 좋지 않습니다. 과목별 교육은 아이의 감성까지도 과목별로 통일시키려고 강요하는 것 같습니다.

❦ ❦

이런 문제가 있습니다.
형이 먼저 집에서 나와 역으로 걸어가고, 몇 분 후 동생은 자전거로 역으로 달려갑니다. 역까지는 ○킬로미터입니다. 형의 걷는 속도는 시속 ○킬로미터, 동생이 자전거로 달리는 속도는 시속 ○킬로미터입니다. 동생은 역을 몇 미터 앞두고 형을 따라잡을 수 있을까요?

이것은 산수 문제, 아니 좀 더 큰 아이들이 배우는 수학 문제입니다. 그런데 이 문제를 보자마자 '왜 형이 먼저 나갔어? 왜 동생을 기다렸다가 같이 나가지 않은 거야? 형제잖아' 하며 화를 내는 아이도 있습니다. '뭐 때문에 역에 따로따로 갔을까?' 하고 의아해하는 아이도 있습니다. 이런 아이들은 대개가 수학에 약합니다. 하지만 좋은 아이들입니다. 언젠가 필요를 느끼면 충분히 그 문제를 풀 아이들입니다.

❀ ❀

숫자로 덧셈을 하면 좀처럼 이해를 못 하다가도 말로 덧셈을 하면 흥미를 보이는 아이가 꽤 많습니다. '흰색+곰=백곰', '어제+그저께=그끄저께' 한 다음 '어제+내일은?' 하면 플러스마이너스 제로니까 '오늘'이라고 대답하는 식입니다. '어제+오늘+내일은?' 했을 때 '이탈리아 영화'(비토리아 데 시카 감독의 영화를 말함: 옮긴이)라고

그런 사소한 일은
어떻게 하든
상관없지 않나요?

아이의 공부를
위해서라면···

대답하면 상급입니다. '남자+여자는?' 했을 때 '아기'라고 말하는 아이는 얼른 졸업시켜야 합니다.

♣ ♣

그런 건 어디까지나 국어이지 산수가 아니라고 산수 선생님이 불평을 합니다. 이런 세력권 다툼 탓에 아이들의 머릿속은 축제 저녁의 노점처럼 내용이 알차게 모이질 않습니다.

♣ ♣

공룡과 건담을 좋아하는 남자아이는 히라가나보다 가타카나를 먼저 알아봅니다(외래어는 가타카나로 표기한다:옮긴이). 스테고사우루스, 프테라노돈, 무슨무슨 광선검 같은 것들 말입니다. 히라가나와 달리 가타카나는 생긴 모양이 직선으로 단순해서 쓰기 쉬운 면도 있습니다.

히라가나 다음에 가타카나, 다음에 한자 순으로 배워야 할 필요는 없습니다. 공룡처럼 뭔가 핵심이 되는 것이 작동하면, 그것에 상응하는 글자, 단어가 연달아 작동하는 것 같습니다.

그런데도 어리석은 부모들은 '이 아이는 가타카나밖에 못 읽게 되는 게 아닐까'라든가 '아직 세 살인데 한자를 읽다니 천재다' 하면서 야단을 떱니다.

❀ ❀

'초등학교 필수 한자'라는 이상한 것이 있습니다. 1학년에 나오는 한자, 2학년에 나오는 한자 같은 것입니다. 이것은 교육부에서 내린 지침일 뿐 강제성은 없다고 말하지만 현장의 선생님들은 그대로 따릅니다. 그렇기 때문에 'えん足'(遠足, 소풍)라든가 'かい水よく'(海水浴)같이 히라가나로 쓰는 경우가 생깁니다. '遠'이나 '海', '浴'은 아직 배우지 않았기 때문에 사용하지 않으며, 사용할 수도 없는 겁니다. 야마다는 처음부터 '山田'로 쓰지만, 도야마(遠山)는 とお山, 엔도(遠藤)같이 어려운 한자의 이름은 'えんどう'입니다.

❀ ❀

'諸隈素衛'라는 이름을 가진 친구가 있었습니다. 모로쿠마 모토모리라고 읽습니다. 초등학교 4학년 때 규슈 지방에서 전학 온 친구였습니다. 열 살의 모로쿠마 모토모리는 대단했습니다. 못하는 게 없는 대단한 친구였습니다. 공부도 운동도 잘하고, 그림 실력에 노래 실력도 뛰어났습니다. 게다가 성격까지 좋았습니다. 친절한 남자아이였습니다. 너무 완벽해서 조금 아이다운 맛이 부족하다는 결점은 있었지만, 그것은 문제가 아니었습니다. 한자 실력은 특히나 뛰어나서 "야마시타 다케오(山下丈夫)의 다케오(丈夫)는 죠부로도 읽는다"고 말했을 때 제가 정말 감탄했던 것을 지금도 기억합니다. 존경심까지 느꼈습니다. 그때 저는 그 아이가 가진 지식이 모로쿠마 모토모리라는 대단한 한자 이름 때문이라고 확신했습니다. 그 이름이 그 아이의 핵심일 거라고 생각했습니다. 그런 점에서 제 이름인 고미 타로는 조금 시시했습니다. 나중에 소문을 들어보니 모로쿠마 모토모리는 꽤 출세했다고 합니다.

♣ ♣

어린이용 과학책에서 히라가나로 정말 아무 생각 없이 편집한 것 같은 "우츄코센와지큐노치효우멘니모후리소소기마스"라는 문장을 보았습니다. 전보 문구가 아니라 그 책에 실린 문장입니다. 한자로 읽으면 '우주 광선은 지구 지표면까지 닿습니다…'입니다. 한자가 아이에게 어렵기 때문에 히라가나를 쓴 건데, 이런 일이 이 세상에 비일비재합니다. 번역 도서에 "고우샤쿠노야가타오오토

한자는
어른의 학문이야.

즈레마스토, 시츠지카무카에테(공작의 저택을 방문하면 집사가 나와서)…"라든가 "유우칸나와카모노가마죠노노로이오(용감한 청년이 마녀의 저주를)…" 같은 문장도 종종 보입니다. 그야말로 이상한 방식입니다. 아이에게는 히라가나와 한자 용법 수준의 이해할 수 없는 방식입니다.

❀ ❀

일본어학교 교장선생님으로 오랫동안 외국인에게 일본어를 가르쳐온 N선생님이 다양한 나라의 사람들을 하나의 스타일로 가르치는 건 거의 불가능하다고 말했습니다.

일본어학교에는 세계 각지에서 온 사람들이 모여 있는데, 유럽이나 아메리카대륙에서 온 사람들은 배우면서 바로 써보는 학습 방법을 좋아한다고 합니다. 그러지 않으면 배우는 기분이 들지 않는 모양입니다. 반면에 이슬람권 사람들은 유독 소리 내어 읽는 것을 좋아한다고 합니다. N선생님은 "코란의 영향일지도 모른다"고 했는데, 어쨌든 "오늘은 좋은 날씨입니다. 오늘은, 좋은, 날씨, 입니다…" 이렇게 소리 내어 읽으면서 배우는 겁니다. 실제로 그렇게 익히는 사람이 많다고 합니다.

그리고 무엇보다 쓰기를 중시하는 문화권의 사람들이 있습니다. 쓰고, 읽고, 조금 발음해보고, 또 쓰는 스타일입니다. 한국, 중국, 그리고 일본이 이런 스타일입니다.

이것은 옳고 그름의 문제가 아니라 그 문화권의 풍토적 관습의 문제라고 N선생님은 말했습니다.

♣ ♣

책상과 의자가 있고, 칠판이 있고, 그 앞에 사람들이 있고, 그 사람들이 선생을 바라보면서 배우고 가르치는 지금의 학교 형태, 배움의 장에 대해 여러분은 어떻게 생각하십니까?

저는 그 형태가 적합하다는 사람이 열에 하나 정도일 거라고 생각합니다. 나머지 아홉은 별로 마땅치 않다고 생각할 겁니다. 하지만 다른 형태가 없으니까 그냥 받아들인다는 사람이 열에 아홉일 것 같습니다.

♣ ♣

선생님이 들어오시기 전에 교과서와 노트와 필기도구를 정리해놓고 조용히 앉아서 기다리던 예쁜 소녀에 대한 기억이 있습니다.

칠판하면
선생님이지...

반에서 부반장으로 뽑히기도 했던 아이였습니다. 학교라는 형태에 아주 잘 어울리는 타입이었습니다. 침착하고 믿음직한 아이였습니다.

❀ ❀

강연회장에서 행사를 준비하는 사람이 "칠판을 사용하실 겁니까?" 하고 묻는 일이 종종 있습니다. 그럼 저는 "아니, 왜요?" 하고 오히려 그에게 묻습니다. 칠판이 있고 선생이 있는 풍경을 모두가 꽤 좋아하는 것 같습니다.

❀ ❀

강연을 들을 때 노트에 쓰는 사람이 꽤 많습니다. 그래서 저는 "지금 한 말은 거짓말입니다"라든가 "농담이었습니다" 같은 말을 덧붙이곤 하는데, 이런 말을 해서는 안 된다는 걸 알았습니다. 그러면 그들은 '지금 한 말은 거짓말', '농담'이라고 적기 때문입니다. 사람들은 배운다는 것, 배움 그 자체를 좋아하는 겁니다. 그런데 배운 것이 좋아지지는 않는다는 데에 문제가 있습니다.

✿✿

문제는 칠판과 필기도구와 선생이라는 세 가지 세팅 외에 다른 학습 방법이 떠오르지 않는다는 점입니다. 칠판이 TV로 대체되기도 하지만, 시스템 자체는 변함이 없습니다. 다른 방법이 떠오르지 않는 겁니다. 멀티미디어가 이렇다 저렇다 말하지만 여전히 교단에는 선생, 그 뒤에는 칠판입니다. 분필이 펠트펜으로 바뀌었을 뿐입니다.

✿✿

렉처(lecture)라는 말에 '야단치다'라는 의미가 있다는 것을 최근에야 알았습니다. 강의하다, 강론하다, 그리고 '야단치다'입니다. 납득이 갑니다.

✿✿

앞에서 이미 썼지만, '그림책 읽어주는 것'을 저는 아주 싫어합니다. 왠지 모르게 그냥 싫은데, 생각해보니 아무래도 '읽어준다'는 말에 윗사람이 아랫사람을 가르친다는 뉘앙스가 있기 때문인 것 같습니다. 잘났다는 듯이… 그런 느낌이 있기 때문입니다.

＊＊

선생님이 말하고 쓰는 것을 그대로 듣고 베끼는, 이른바 학생이라는 입장도 한심하다고 생각합니다. 학생의 신분을 핑계로 게으름 피운다는 말을 들어도 어쩔 수 없습니다.

학교가 그렇게 많고, 모두가 그렇게 학교를 오래도록 다니는데 배우는 건 거의 없는 것 같습니다. 학교에서 다 알아서 가르쳐주려니 떠맡기고 안심했던 벌을 지금에야 받는 것 같습니다.

＊＊

학교를 부정하는 젊은이들 중에 학문에 뜻을 둔 사람이 많다는 것은 자연적인 결과라고 생각합니다. 배우고 싶은 사람은 학교에 가서는 안 됩니다. 학교에 있으면 배울 수가 없습니다. 그래서 부정하고 떠나는 겁니다. 학교를 떠난다, 그만둔다는 행위에서 그런 인상을 받을 때가 있습니다.

진정한 학문과 학구의 장으로서 이 나라의 학교는 정말 변변치 않습니다. 진지하게 배우고 싶어도 어딘가 엉성합니다. 책도 만족스러울 만큼 갖춰져 있지 않습니다. 망원경, 현미경 같은 것도 있긴 하지만 구색만 맞춘 정도입니다. 애초에 예산이 부족합니다. 그런 생각을 하면 갑자기 이 나라가 빈곤한 나라 같습니다.

♣ ♣

아이들에게 싸구려 피리 같은 걸 사용하게 한다고 재즈 연주가인 친구가 화를 내며 말했습니다. 그런 피리로는 제대로 된 소리를 내기가 정말 어렵다고 합니다. 그저 싸다는 이유로 사용하는 게 분명합니다.

♣ ♣

배움이 풍요로운 일이라고 생각하는 어른은 거의 없습니다. 배우고, 출세하고, 그다음에야 풍요로워진다 정도로 생각합니다. 오히려 배움은 괴롭고 힘든 것, 궁핍한 것이라는 전제가 있는 것 같습니다. 그들의 사고는 형설지공이라는 말을 하던 시절에 머물러 있습니다.

♣ ♣

갑자기 서둘러 컴퓨터를 장만하는 일은 하지 마십시오. 기분 전환용 오락기가 되기 십상입니다. 왜냐하면 커리큘럼은 예전 그대로

불안해하시는 것도
이해는 하지만,
학교는 절대 사라지지
않을 거라고 저는 믿습니다.

이기 때문입니다. 선생의 눈을 피해 게임을 한다는 구조는 조금도 변하지 않았습니다.

＊ ＊

아이들을 위한 컴퓨터 학습 프로그램 제작에 관한 상담과 의뢰가 제게도 꽤 들어옵니다. 지금까지 한 것만도 200건이 넘습니다. 하지만 유감스럽게도 선생, 학생, 학교, 학습에 관한 줄기는 거의 나와 있지 않습니다. 제가 뭔가 아이디어를 내려 해도, 설명하기가 쉽지 않습니다. 그야말로 책 한 권 분량은 떠들어야 합니다.

＊ ＊

지구가 돈다는 사실에 어른들은 아주 안심하고 있습니다. 갈릴레오 갈릴레이가 이미 증명해줬으니까요. '둥글다'에 마침표 찍고, 자 다음, 하는 느낌입니다. 즉 갈릴레오 갈릴레이 이전의 사람들과 똑같습니다. 그런 어른들이 자라는 아이들을 위해 학습 장소를 제공한다는 것은 무리입니다.(지구가 돈다는 사실에 대해, 저는 좀 더 뭔가가 있지 않나 의심합니다.)

❀❀

사회를 위한 학습과 개인을 위한 학습은 뚜렷이 구분할 필요가 있습니다. 그런데 지금은 그것이 뒤죽박죽되어 있다고 생각합니다.

❀❀

학교에서 예술 분야는 가르치지 않는 것이 좋다고 생각합니다. 이것은 개인에게 권한이 있는 학습 분야입니다. 개인이 진정한 개인으로 있을 수 있는지 없는지에 따라 성패가 갈립니다. 이것에 대한 확실한 예를 우리는 역사를 통해 알 수 있습니다. 교육의 일반화를 꾀하면 반드시 모순이 생깁니다.

❀❀

거의 똑같은 악절이 다른 곡 여기저기에 등장하는 모차르트의 음악에 대해 교육적으로 설명하는 것은 무리입니다. 모차르트는 위대하니까 괜찮지만, 여러분은 될 수 있으면 그렇게 하지 마라… 같은 식이 됩니다. 히라야마 이쿠오(실크로드 그림으로 유명한 일본화 화가:옮긴이) 화백의 그림 가격에 대해 교육적으로 설명하기는 불가능합니다.

◆ ◆

아이들을 위해 사회에서 살아가는 데 도움이 될 오리엔티어링 수준의 교육을 효율적으로 실시할 필요가 있습니다. 인간성 함양 같은 쓸데없는 목적은 일단 밀어놓고(아니, 아예 처음부터 생각하지 않는 게 좋겠습니다) 우선은 이 세상을 살아가는 자세와 살아가기 위한 수단, 기술, 방법 같은 것을 가능한 한 정중하게 전달하고 알려주는 '초등 사회학습 센터' 같은 것이 여기저기 생기는 게 가장 좋겠습니다. 그런 학습이라면 어느 정도 의무화해도 좋을 거라고 생각합니다.

◆ ◆

예를 들어 돈은 어떤 작용을 하는지, 은행은 무슨 일을 하는 곳인지, 왜 은행에 돈을 맡기면 돈이 불어나는지, 왜 이자가 붙는지, 임금이란 무엇인지, 공공요금은 어떻게 정해지는지, 도박이란 무엇인지… 이런 것들을 알기 쉽게 아이들에게 설명할 필요가 있습니다. 도박에 대한 법률이 있는 이상 이것도 설명해야 합니다. 어른들은 하고 싶지도 않고 지금 아이들에게 알아듣게 잘 설명할 수도 없겠지만, 적어도 노력할 필요가 있습니다.

아이 주제에
너무 건방진 것 아냐...

기본적으로 저는 아이들에게 설명할 수 없는 것은 문제가 있다고 생각합니다.

＊ ＊

딸아이가 작문에서 "우리 아빠는 일을 하지 않는다"라고 써서 담임선생님이 걱정하신 적이 있습니다.

아이에게 물어보았더니, 넥타이를 매고 회사에 가야 일을 하는 건데 아빠는 넥타이를 매고 나가지 않으니까 일을 하지 않는다고 생각했다는 겁니다. 하기야 회사에서 하는 일만 일이라고 한다면 딸아이의 말이 정답입니다.

그래서 설명해줬습니다. 출판사와 편집자, 그리고 저를 그려 보여주면서 그들이 아빠의 그림책을 '좋다'고 하면(뭐, 그렇지 않은 경우도 있지만) 많이 인쇄해서 서점에 진열하고 판다, 만 원짜리 책 한 권이 팔리면 천 원이 아빠 통장으로 들어온다, 이건 다른 말로 하면 10퍼센트 인세라는 거다, 열 권 팔리면 만 원이다, 그 돈으로 먹을 것을 사고 옷도 산다… 하면서요. 서점에 제 책을 사려고 손님이 바글거리는 것처럼 그렸습니다.

그 그림을 물끄러미 보던 딸아이는 그 후로 그림을 그려달라고 조르지 않았습니다. 도서관이나 서점에 가서 종종 조사를 했습니다. 그러고는 아빠의 무슨 책이 잘 팔린다느니, 무슨 책은 별로 인기가 없어 불쌍해서 빌려 왔다는 말까지 했습니다. 괜히 아이에게 걱정을 끼친 것 같습니다.

　　❦ ❦

저는 아이들을 '이방인'이라고 생각합니다. 아이들은 낯선 문화권에 갓 도착한 이방인입니다. 그래서 이 사회가 어떤 사회인지, 이곳 사람들이 어떻게 살아가는지 아무것도 모르는 게 당연합니다. 횡단보도가 무엇인지 모르는 것도 당연합니다. 문화라는 것은 단순하게 말하자면, 그 문화권의 행동 방식이며, 어디서나 공통은 아닙니다. 공공장소에서 담배를 피우면 즉시 처벌받는 것은 싱가포르의 이야기입니다.

　　❦ ❦

'교통도덕'이라는 말이 있는데, 아주 잘못된 표현입니다. 여기서 도덕이란 단어는 적합하지 않습니다. 그건 그저 사회가 만든 단순한 규칙일 뿐입니다. 장소가 바뀌면 바뀔 수도 있는 규칙, 그런 정도의 것입니다. 내용은 따지지 말고 이방인도 지켜주십시오, 라는 지도가 필요한 규칙일 뿐입니다.

◆ ◆

'횡단보도로 건넙시다'라는 말을 듣고 시킨 대로 횡단보도로 건너다가 차에 치인 아이는 정말 불쌍합니다. 마음대로 길을 건너다 사고를 당한 사람보다 더 불쌍합니다. 자기 선택의 결과로 사고를 당한 사람은 그런대로 납득이라도 가지만, 횡단보도에서 치였다면 문화라는 것에 배신당한 기분이 들 겁니다.

횡단보도는 생명을 보장하는 구역이 아닙니다. 횡단보도를 건널 때도 보통 길을 건널 때와 마찬가지로 긴장해야 합니다. 그러니 횡단보도는 이상한 공간입니다. 안전할 확률이 높지만 그렇다고 무조건 마음놓으면 안 되는 곳, 그런 말을 해둘 필요가 있습니다. 담당자는 규칙의 본질을 좀 더 공개하기 위해 노력해야 합니다. 그 이상 책임질 필요는 없습니다. 그다음은 각자가 책임지고 해나가야 하는 원칙입니다.

애들은 몰라도 돼···

♣ ♣

아이가 질문을 하면, 기업은 나름대로 착실히 대답할 의무가 있다고 정해두면 어떨까요. 납세의 의무처럼 말입니다. 일종의 정보 공개죠. 팸플릿 같은 인쇄물을 반드시 준비해두고 필요하면 담당자가 아이들의 질문에 대답하는 겁니다. 아이들에겐 그 팸플릿이 교과서, 참고서, 혹은 도감을 대신할 정도로 충실해야 합니다. 그리고 이때 담당자는 필연적으로 선생의 입장이 되는 겁니다.

백화점, 슈퍼, 자동차회사, 전기 메이커, 제약회사, 군수산업체, 오락실, 유흥업소 등 법인이라면 당연히 그 의무를 지게 하는 것이 가장 이상적입니다. 센베이 가게도, 반찬 가게도 준비해야 합니다. 센베이를 만드는 데 좋은 원료라든가 센베이의 역사에 대해 제대로 소개해야 합니다.

물론 거짓말은 안 됩니다. 날조도 안 되며, 은폐는 더더욱 안 됩니다. 그 부분의 체크는 옴부즈맨 제도로 하면 좋을 것 같습니다. 그것이 가능할지 불가능할지는 어른들의 담력과 기량, 그리고 정의감에 달려 있습니다. 그리고 무엇보다도 어른들 자신이 공부를 해야 합니다.

인간이기를
포기한 어른들

어느 초등학교 여자 선생님이 아기를 가져서 배가 불렀습니다. 이 선생님이 "아기를 낳기 위해 한 달 뒤부터 휴가에 들어간다"고 아이들에게 말하자, 교실에 활기가 돌았다고 합니다. 초등학교 3학년, 장난꾸러기가 많아 그때까지 말썽이 끊이지 않았던 반인데 그후로는 반 분위기가 확연히 달라졌다고 합니다. "선생님은 그렇게 무거운 걸 들면 안 돼요" 하며 솔선해서 짐을 들어주는 아이, 방석을 가지고 와서 "선생님, 앉으세요" 하고 권하는 아이, "비켜, 비켜, 비켜" 하면서 선생님을 지키는 아이, 교실은 온통 그런 분위기였다고 합니다. 모두 훌륭합니다.

물론 아이들이 지켜주고 싶은 생각이 들 만큼 그 선생님에게 매력과 영향력이 있었겠지만, 저는 그보다 '아기가 태어난다'고 하는 절대적인 사실에 아이들이 저절로 움직인 것이라고 생각합니다. 이것은 이론으로 설명할 수 없는 사실입니다.

아이들은 사실을 진지하게 정면으로 받아들입니다. 이 선생님의 일도 정면으로 받아들인 겁니다. 사실로서 본 겁니다.

♣ ♣

아이들은 어른을 그냥 '보고 있다'고 생각합니다. 저도 예전에 그랬으니까요. 어른들의 훌륭함을 보는 것도, 비판하려고 엄격하게 보는 것도 아닙니다. 다만 거기 있으니까 볼 뿐입니다. 그 결과, 지금 어른의 영역은 꽤 좁아진 것 같습니다. 금세 질려버릴 만큼 줄어든 것 같습니다.

♣ ♣

예전에 처음 뉴욕에 갔을 때, 너무 긴장한 탓인지 잠이 오지 않아 혼자 거리로 나간 적이 있습니다. 한밤중에 문을 연 카페가 있다는 것이 당시엔 꽤 충격적이었습니다. 그 카페에 들어가 기어들어가는 목소리로 커피를 주문했는데, 제대로 의미가 통했는지 커피가 제 테이블에 나왔을 때는 뭔가 '해냈다'는 기분이 들었습니다. 그래도 여전히 불안한 마음을 떨치지 못하고 있었는데, 점점 그곳이 눈에 익자 다양한 사람들이 각자 자유롭게 앉아 있는 모습이 눈에 들어왔습니다.

완전히 취한 사람, 자는 사람, 쉬지 않고 떠드는 사람, 노트북 키보드를 두드리며 원고를 쓰는 사람, 그리고 카페에서 일하느라 정신없는 사람. 드디어 날이 밝고 버스가 다니기 시작하자 출근하는 사람, 그제야 집으로 돌아가는 것 같은 사람이 있는가 하면, 아침 일찍부터 사거리에서 떠들어대는 사람도 있었고 누군가와 싸우는 사람도 있었습니다.

이곳에서는 전부가 영어를 사용할 거라고 생각했지만, 스페인어, 프랑스어, 어느 나라 말인지 모를 언어도 들려왔습니다.

그런 모습을 보는 동안 점점 마음이 편안해졌습니다. 긴장감이 완전히 사라진 것은 아니지만, 왠지 마음이 느긋해졌습니다. 그것은 아마도 '다양한 사람이 있다'는 것을 제 눈으로 확인했기 때문일 겁니다. 이런 기분이 꽤 중요하다는 것을 그때부터 느꼈던 것 같습니다.

❀ ❀

물고기들이 조용한 것은 아마 다양한 물고기를 만나고 있기 때문일 겁니다. 큰 물고기, 작은 물고기, 줄무늬 물고기, 물방울무늬 물고기, 멍하니 있는 물고기, 바쁘게 움직이는 물고기, 눈앞에서 잡아먹히는 물고기 또는 잡아먹는 물고기. '이런 정어리가 되고 싶다' 같은 기준이 정어리에겐 없기 때문에 마음이 편한 겁니다. '나는 잘 말린 정어리가 돼야 한다'는 압박감도 없고, 먹이사슬에 조마조마하지도 않습니다. 그래서 물고기란 녀석은 아마도 죽을 때까지 계속 현역 물고기일 것 같습니다.

❀ ❀

생각을 넓혀보면, 인간이란 비교적 쉽게 현역을 그만두는 존재입니다. 그 이전의 단계가 지나치게 많습니다. 태아에서 시작해서 신생아, 영아, 유아, 아동, 학생, 청년, 성인, 사회인, 중년, 장년, 노년⋯ 아, 정말 짜증스러울 정도입니다. 영아가 되면 신생아는 졸업이며, 사회인이 되면 학생은 졸업, 어른이 되면 아이는 졸업이라는 식으로 살아갑니다. 어른들이 모여 캠프 같은 것을 할 때도 '학생 시절로 돌아간 기분'으로 해야 합니다. 청소년이 사랑을

나는
중년이라는
자각을 가지고
거기에 맞게
살아갑니다.

하면 '어른 흉내를 낸다'는 시각으로 봅니다. 이렇게 행동에도 구분이 있습니다.

✿ ✿

방어는 성장 단계에 따라 와카시, 이나다, 와라사, 부리라는 이름으로 다르게 불립니다. 하지만 방어는 처음부터 그냥 방어일 뿐이고, 그렇게 불리길 원하지 않을 겁니다.

✿ ✿

'예전에 자기도 아이였다는 사실을 잊어버린 어른들'이라는 표현이 있습니다. 아이의 마음을 안다 모른다 할 때 쓰는 표현이기도 하지만, 많은 사람들이 단순히 옛날이 그리울 때 조금 차별화하고 싶어서 사용하는 표현 같습니다. 세세한 구분이 너무 많기 때문에 그런 표현이 탄생한 것입니다. 쭉 하나로 연결되어 있으면 그런 식으로 표현하지 않아도 됩니다. 굳이 말하자면 '예전에 인간이었던 사실을 잊어버린 어른들' 정도가 아닌가 합니다.

❦ ❦

결혼은 일생 한 번이 기본이라고 정하는 윤리도 참 이상합니다. 그러면서 상대 모르게 불륜, 즉 윤리적이지 않은 행동을 하는 것 또한 이상합니다. 이 사실을 이제야 깨닫는 어른들을 제 주위에서도 가끔 봅니다. 정말 너무 둔하다고 생각합니다.

❦ ❦

잉꼬부부에 대해 떠들고, "남자는 배, 여자는 항구" 하면서 결혼식 피로연 같은 데서 목소리 높이는 아저씨들 대부분이 소위 가정 내 이혼 상태에 있습니다.

❦ ❦

일부일처제의 고전적인 결혼 상태가 비교적 평온하고 매끄럽게 지속되기 위해서는 어느 한쪽이 아주 현명해야 한다는 조사 결과가 있습니다.(제가 조사한 것이긴 합니다만.) 주종관계가 확실한 경우도 비교적 오래 지속되기는 하지만, 그런 상태는 인간관계라고 볼 수 없기 때문에 조사 대상에 포함시키지 않았습니다.

남자가 배라면
여자는 항구지요···
참으로
경사스러운
일입니다!

❀ ❀

서로를 아는 상태로 연결되는 것보다 알지 못한다고 인식하는 상태로 연결되는 쪽이 더 열의가 있는 것 같습니다. 알려고 하는, 알고 싶어 하는 의지가 관계를 더욱 돈독하게 만듭니다.

❀ ❀

제가 중학생일 때의 일입니다. 서부극 만화잡지를 대충 넘기면서 보다가 모르는 영어 단어가 나오자 아버지에게 물어보았습니다. 아버지는 대학에서 영어를 가르치고 있던 분이라 영어 문제라면 모르는 게 없을 거라고 생각했습니다. 그래서 아버지가 "글쎄, 모르겠는데"라고 대답하자 놀랐습니다. 아마 원어민도 잘 모르는 속어였던 모양입니다.

하지만 사실은 무척 반가웠습니다. 아버지도 모르는 영어 단어가 있다는 사실이 신선했습니다. 그런데 다음날 아침, 식탁 위에 놔둔 아버지의 메모를 본 순간, 다시 한 번 놀랐습니다. 밤중에 찾아보셨는지 질문에 대한 답이 쓰여 있었습니다. 그때 저는 영어란 늘 새로운 것이라는 사실을 알았습니다.

❀❀

고등학교 시절에도 그런 '현역' 선생님이 있었습니다. 제가 이상한 질문을 하면, 그 선생님도 조사해서 답을 알려주시곤 했습니다. 계단에서 선생님이 불러서 가면, 이미 그런 질문을 했었다는 것조차 잊어버린 제게 열심히 설명하시며 참고 도서까지 빌려주셨습니다. 그때 선생님이 짓던 흐뭇한 표정이 지금도 떠오릅니다. 붙임성 있는 저는 아주 감사하다는 표정으로 인사하면서 속으로는 '야단났군. 이렇게 두꺼운 책을 언제 다 읽어?' 했습니다. 하지만 그 선생님을 그 후로도 계속 좋아하고 존경했습니다.

❀❀

한겨울의 이른 아침, 볼일 때문에 동물원에 갔다가 여기저기서 김이 무럭무럭 나는 동물들의 똥을 보았는데 참 매력적이었습니다. 그래서 그것을 그려야겠다고 생각했습니다. 그 결과 『누구나 눈다』라는 그림책이 세상에 나왔습니다. 그 후로 아이들에게서 정말 많은 편지를 받았습니다. 정말 다양한 편지가 도착했습니다. 그런데 그 편지들의 공통된 내용이 '실은 나도 똥을 열심히 관찰한다. 똥은 정말 재미있다'였습니다. 그리고 그것을 그림으로 그려줘서 무척 기쁘다는 것이었습니다. 같은 것에 관심을 가진 어른이 있다는 사실에 대한 작은 놀라움, 그리고 공감이었습니다.

❀ ❀

다른 사람들에게는 기대하지 않지만 당신이라면 알아줄 것 같다는 내용의 애정 어린 편지와 함께 자비로 출판했다는 뭔가 이해하기 힘든 그림책을 보내온 미국인이 있었습니다. 꽤 위험한 작품이었습니다. 그는 미국판 『누구나 눈다』의 팬이라고 했습니다. 미국판 제목은 'Everyone poops'입니다. 참고로 프랑스판은 'A Chacun Crotte', 네덜란드판은 'Poep', 중국판은 '大家來大便'입니다. 태국판은 제가 활자로 표기할 수가 없습니다.

❀ ❀

아이가 세상에 태어나 대략 10년 동안은 세상을 '보는' 시기, '관찰하는' 시기라고 생각합니다. 근거는 없지만 아마 10년쯤 되지 않을까 합니다.
그렇기 때문에 열 살까지는 프리 패스입니다. 절대 돈을 받지 않습니다. "동물원에 가고 싶다"고 하면 "그래, 얼마든지" 합니다.

전철을 타보고 싶다고 하면 "좋아, 얼마든지" 합니다. 밤에 "여기서 재워주세요" 해도 "그래, 좋을 대로" 합니다.

실은 이런 관습이 아프리카의 마사이족에게도 있다는 이야기를 듣고 깜짝 놀랐습니다. 마사이족 소년은 성인이 되기 전에 5년 정도 방랑 생활을 한다고 합니다. 몇 명이 팀으로 이곳저곳 돌아다니면서 초원에서 자기들끼리 살아가는 겁니다. 그 아이들이 찾아가면, 어느 집에서나 먹여주고 재워준다고 합니다. 무엇인가 필요하다고 하면 재량껏 마련해주고요. 그렇게 인생 공부를 한 소년들이 돌아와 마을을 지킵니다. 이제 그럴 능력이 생겼으니까요.

그만한 경험을 해볼 가치가 아이들에게 있다고 생각합니다. 열 살까지 세상을 제대로 확실히 보는 눈을 기르지 않고 흘려보내면, 왠지 그 후 인생이 시들시들해질지도 모른다는 생각이 듭니다.

❀ ❀

피아제나 슈타이너를 열심히 공부하는 사람은 많지만, 가장 중요한 아이들을 제대로 보지 않기 때문에 발전이 없습니다. 피아제와 슈타이너 속의 아이들만 보고 있기 때문에 이런 이상한 상태가 되는 겁니다. 동물도감만 들여다보는 동물학자 같습니다. 이리오모테살쾡이(오키나와 남쪽 이리오모테 섬에 사는 살쾡이로, 일본의 천연기념물:옮긴이)같이 직접 보기가 쉽지 않은 동물은 도감으로 만족하는 수밖에 없겠지만, 아이들은 언제 어디서나 볼 수 있는데도 그들은 보지 않습니다. 피아제의 발달심리학 분석에 나오는 아이들만 봅니다. 그러면서 주위의 평범한 아이들을 억지로 그 분석에 끼워 맞추려고 합니다. 어디서나 보이는 삼색 얼룩고양이를 이리오모테살쾡이의 아종(亞種)으로 판단하는 것과 비슷합니다. 피아제가 말하는 것은 적어도 일단은 프랑스 아이들의 이야기입니다.

❦ ❦

그런가 하면 갑자기 "아이들한테 배워라" 같은 극단적인 말을 하는 어른도 있습니다. 다른 사람은 어려워서 무리겠지만 아이쯤은 쉬울 거라고 생각하는 것이 아닐까요.

❦ ❦

아이들과 함께 살아간다고 이야기하는 것도 마음에 들지 않는 구석이 있습니다. 이것도 어른과 함께라면 힘들겠지만 아이쯤이라면… 하고 생각하는 것입니다. 이런 어른들이 주위에 꽤 많습니아이들은 보물이에요.
소중하게 다뤄야 해요.

다. 하지만 아이들은 차별주의자가 아니라서 그런 어른이라도 일
단은 받아들입니다. 그걸 어른들은 착각하고 있습니다.

❀ ❀

아이들이 충실하게 살아가기를 바란다면, 어른들의 존재가 어느
정도 도움이 되는지, 아니면 반대로 어른들의 존재가 미치는 해를
어느 정도로 줄일 수 있는지 아는 것이 중요합니다.

❀ ❀

어른들의 만족을 위해 아이가 얼마나 도움이 되는지, 혹은 이용할
수 있는지를 묻는 시대는 이미 끝났습니다.

후기

아무리 이야기해도 끝이 없는 것 같습니다. 후기를 쓰면서도 그랬지만, 편집 작업을 할 때도, 교정을 볼 때도 아, 그 이야기, 그 사건, 그 현상 하면서 끼워 넣었고, 그 밖의 것들을 가지고도 잠깐만, 잠깐만 하기를 수없이 반복했습니다. 그 바람에 이 작업을 도와주신 분들에게 정말 많은 수고를 끼쳤습니다. 아무튼 모든 분에게 죄송하고 감사합니다.